좋은 엄마 콤플렉스

너무 애쓰지 않아도 괜찮아

좋은 엄마 콤플렉스

이은영 지음

좋은땅

이 이야기는 지극히 개인적인 이야기입니다. 덜 자란 내가, 엄마가 된 어느 날부터 치열하게 아파하고 열렬히 고민해 온 여정을 담았어요. 또한 첫째 딸 수아, 둘째 아들 하율이, 셋째 아들 은성이를 기르며 여전히 진행 중인 이야기이기도 합니다. 따라서 어떤 성공 비법이나 특수한 비결을 결론으로 제시할 수는 없었어요.

다만 이 이야기를 읽는 독자들(특히 엄마 독자들)에게 위로와 희망을 주고 싶었어요. 엄마가 되어 가는 과정은 누구에게나 고되지요. 그러나 아이를 길러 내는 것은 무모한 희생이나 헌신만은 아니며, 내가 엄마라는 게 다행이다 싶을 만큼 내게도 좋은 일이라고 말하고 싶었어요.

저처럼 원가정에서 받은 상처가 있는 엄마들, 완벽주의에 갇혀 엄마 노릇에 지쳐 있는 엄마들, 내 안에서 울고 있는 어린 시절의 나를 달랠 방법을 몰라 슬픔에 잠겨 있는 엄마들에게 소망이 되길 바라는 마음이에요. 이제는 그만 '좋은 엄마 콤플렉스'에서 벗어나 엄마 노릇의 참뜻과 온전한 기쁨을 누리길 바라는 마음이고요.

제가 좋은 엄마 콤플렉스로 아등바등하던 것은 오래전부터 예견된 일인지도 모릅니다. 인정받고 싶고 사랑받고 싶은 착한 아이가 제 속에 아주 오랫동안 있어 왔거든요. 그 '착한 아이 콤플렉스'가 엄마 된 내게 '좋은 엄마 콤플렉스'로 발현되는 건 너무 당연한 일이잖아요.

누구든 엄마만 되면 희한하게 별나지는 것 같아요. 하지만 허둥대는 이 시간 역시 더 잘해 내고 싶은 우리의 진심인걸요. 그러니 엎치락뒤치락하는 시간들조차 헛되지 않을 거라 믿어요. 좋은 엄마가 없었어도 괜찮아요. 더 좋은 엄마를 하려고 애쓰지 않아도 괜찮아요. 모든 시간은 결국, 기어이, 반드시 내가 꿈꾸고 바라던 방향으로 가기 위한 과정인걸요. 아무렴요. 그렇고말고요.

목차

chapter 1 : 애가 애를 낳아서

chapter 4   오은영은 아니지만

애가 애를 낳아서

01

미드 보다
덜컥 결정해 버린 임신

그때 제 나이 겨우 스물넷이었어요. 남편은 스물여덟이었고요. 결혼이라는 중차대한 일을 어떻게 그 어린 나이에 쉽게 결정했던 걸까요? 겁도 없이.

남편이랑 저는 같은 대학, 같은 과 선후배 사이예요. 원래 알던 사이는 아니었고, 마지막 학기에 운명처럼 만나게 됐죠. 졸업을 한 학기 앞둔 때에 전공과목을 몰아서 듣다 보니 같은 과 학생들을 많이 마주쳤거든요. 그중에 한 선배와 하루에 한 교시는 꼭 마주치게 됐어요. 수업 시간에 늘 강의실 앞자리에 앉고, 도서관에서도 늘 같은 자리에 앉는 그 사람이 맘에 들었어요. 그 사람은 자리뿐만 아니라 월화수목금 옷도 가방도 매일 같더라고요. 마치 무슨 만화 캐릭터처럼 말이에요.

'옷을 안 빨아 입는 건가? 같은 옷을 여러 벌 사 입나?'

좀 지저분하다고도 생각했지만 너무 꾸미고 다니는 것보다 낫다고 생각했어요. 사람이 진중하고 안정감 있어 보였달까요. 요즘 말로 너드미 있는 오빠가 맘에 들어서 제가 먼저 들이댔어요. 그런데 이 오빠는 분명 날 싫어하는 것 같진 않지만, 막상 대시를 하면 여러 가지 이유로 제가 부담스럽다는 거예요. 여덟 번째 차이던 날, 제가 물었어요.

"오빠 사랑이 뭐라고 생각해요?"
"음…. 굳이 단어로 말하자면 '책임'이라고 생각해."

그리 길게 생각도 않고 대답하더라고요. '평소 생각해 왔던 거구나.' 확신했고, '이 남자, 놓치지 말아야지!' 다짐했어요. 저도 늘 같은 생각을 하고 있었거든요.

설렘이나 흥분같이 즉흥적인 '감정'을 사랑이라고 하는 건 너무 위험하다고 생각했어요. 하루에도 몇 번을 왔다 갔다 하는 내 마음, 내 감정은 나도 못 믿으니까요. 신뢰를 기반으로 오래 함께하

좋은 엄마 콤플렉스

는 관계라면 언젠가는 익숙해지고 편해질 텐데, 늘 설레는 감정을 유지할 순 없잖아요.

"오빠, 나도 그렇게 생각해요. 결국 사랑은 책임이라고. 이거 봐요. 우리가 진짜 많이 다르지만, 정작 정말 중요한 가치관들은 이렇게 잘 맞잖아요. 나중에 나랑 결혼하면 이렇게 몇 번이나 거절한 거, 미안해서 어쩌려고 이러지?"

이 말을 듣는데, 남편은 뒷골이 띵했대요.

'어…? 정말 그러면 어쩌지…?' 하면서.

그렇게 우린 결혼하게 된 거예요. 전 아직도 가끔 이 얘길 한답니다. 남편이 여러 번 날 거절했었던 얘기 말예요. 이제는 많이 능글맞아진 남편은 능숙하게 맞받아쳐요.

"여보가 너무 예뻐서 그랬지~. 내가 사귀기엔 너무 부담스러우니까."
"진심이길 바란다…!"

그럼 전 풋풋했던 과거와는 다르게 오빠라는 말도, 존댓말도 사라진 '누나 같은' 어투로 한마디 툭 내뱉으며, 베프가 된 남편에게 풀썩 안겨 버리죠.

그렇게 우린 연애 2년, 결혼 18년, 도합 20년째, 서로에게 '책임'을 다하는 중이에요. 맹렬하고 치열하게요.

✦ ✦ ✦

아이는 좀 늦게 가지면 좋겠다고 생각했어요. 둘 다 나이가 어리기도 했고, 신혼 생활에 대한 로망도 있었고, 사회생활을 이제 막 시작하는 때였으니까요. 3년쯤 지난 후에 아이를 가져도 이른 나이라고 생각했죠.

사실 남편과 전 아이를 그리 좋아하지는 않았어요. 그렇다고 딩크족*으로 살겠다는 생각을 했던 것도 아니에요. 아이를 키우는 것에 대한 기대도 두려움도 딱히 없는 채로, 출산은 그저 결혼 다음의 당연한 수순 정도로 생각했던 것 같아요.

* Double Income, No Kids의 약자. 맞벌이 무자녀 가정을 말한다.

좋은 엄마 콤플렉스

신혼 생활을 즐기던 우리는 퇴근 후 저녁 시간이나 주말이면 종종 같이 영화를 봤어요. 어느 주말에는 타임 슬립 소재의 코미디 영화를 봤어요. 화목한 미국 가정이 나오는데, 그 영화에 나오는 아이들이 하필 너무 귀여운 거예요.

"저 애들 너무 귀엽다."를 연발하면서 보는데, 남편이 대뜸, "우리도 아이 가질까?" 하는 거예요.

갑작스런 남편의 말에, 전 "그래!" 해 버렸고요.

02

사고 쳐서
생긴 애 아니라고요

회사에 다니던 어느 날부턴가 출근길 버스 안에서 자주 쓰러졌었어요. 주 5일 출근 중, 2~3일은 쓰러졌는데, 위험한 순간들도 많아서 아찔했어요. 대학병원에 검사하러 갔더니, 심장미주신경 이상성 실신이라는 거예요. 딱히 치료약이 있는 건 아니고 스트레스를 조심하라는 말과 함께 의사 선생님이 덧붙인 말이 뜻밖이었어요. 혹시 임신 중인 거 알고 있냐는 말이었죠. 그렇게 첫아이를 임신했다는 사실을 알게 됐어요.

　직장에 다니는 게 건강상 무리가 되는 상황이어서 일을 그만두게 됐어요. 제 커리어에 대한 욕심이 아예 없는 건 아니었지만, 그 당시엔 당장 몸이 안 따라 주니 선택의 여지가 없어서 미련이 덜했던 것 같아요.

대신 당면한 '엄마'라는 과업을 잘해 내고 싶었어요. 그니까 누구에게든 '난 준비된 엄마라고요!'를 보이고 싶었던 거예요. 똑 부러진 엄마가 되고 싶었어요. 최소한 '그래 보이기라도' 하고 싶었어요. 어린 나이에 결혼하고 임신한 내가, 쩔쩔매며 힘들어하는 모습을 이 세상 그 누구에게도 들키고 싶지 않았던 것 같아요.

임신 사실을 알게 된 날부터 각종 육아 정보와 이론들을 섭렵해야겠다 싶어서 온갖 책들을 사들였어요. 인터넷으로 임신과 육아 관련 카페도 여러 개 가입해서 이런저런 검색어로 정보 수집도 쫙 해 두고요. 영양학이랑 제약 공부까지 했다니까요. 외적으로 보이는 것에도 신경을 많이 썼어요. 야무져 보이고 싶었거든요. 최신 유행하는 육아템을 장착하고 아이를 예쁘게 꾸며 다니는 엄마들을 보면서 나도 저렇게 예쁘게 단장하고, 내 아이도 치장해야겠다고 생각했어요.

✦ ✦ ✦

임신을 했을 때 가장 좋았던 건, 다이어트를 하지 않아도 된다는 거였어요. 양껏 먹고 나서 배에 힘을 주고 다니지 않아도 된다는 사실이 그렇게 큰 정신적 자유와 심리적 여유를 가져다줄지 몰랐어요. 이제야 솔직히 고백하는데요. 전 임신을 핑계 삼아 정말 문자 그대로 '2인분씩'을 먹었던 것 같아요. 그러니 자연스레 살이 슬슬 쪄서 임신으로 배가 불러오기 전부터 살찐 배를 내밀고 다녔답니다.

지금은 대중교통에 임산부석이 따로 마련돼 있지만, 십여 년 전만 해도 그러지 않았어요. 하지만 배가 불러 보이면 자리를 양보해 주는 분들이 계셔서 마음이 훈훈해지는 순간들이 많았답니다. 그런데 때때론 마음 상하는 일들도 있었어요.

배가 한창 불러왔을 때 하루는 지하철을 탔는데, 앞줄에 앉은 할머니 두 분의 시선이 따가웠어요. 왠지 불편해서 애써 눈을 피하고 있었는데, 그중 한 분이 제게 말씀하셨어요.

"어휴, 요즘은 어떻게 된 게 나이 어려 임신한 게 자랑이라고 저렇게 대놓고 나다닐까? 넌 몇 살이니? 나이가 몇 살인데 사고를 쳐서 벌써 애를 배 가지고 다니누?"

결혼을 비교적 일찍 했고, 나이에 비해 동안인 편이며, 따라서 '합법적인' 아이라는 저의 해명을 듣고 나서야 그 분은 미안하다고 하셨지만, 저에겐 꽤 많이 당황스럽고 충격이었던 사건이었어요. 그리고 그 할머니의 말은 아이를 낳아 기르는 동안 강박처럼 따라다녔던 것 같아요. 저도 모르게 "저, 사고 친 거 아니에요. 이 애 그렇게 낳은 거 아니에요!"라고 온몸으로 증명하듯 살고 있었더라고요.

멋모르는 어린애가 '사고 쳐서' 마지못해 낳아 버둥대며 기르고 있는 게 아니라는 걸 보여 주기 위해서 안간힘을 썼어요. 처음이라 어렵고 힘든 게 당연한데, 안 그런 척했어요. 그땐 제가 그러고 있다는 걸 모르고 있었지만 말예요.

좋은 엄마 콤플렉스

03

엄마같이
살지는 않을 거야

양육에 관한 책을 보면 하나같이 "세상에 막 태어난 아이에게는 엄마가 우주이다."라는 말이 있었어요. 엄마 입장에서는 우주가 돼라는 부담스러운 말인데, 전 그 말이 부럽게 느껴졌어요. 누군가 나의 전부가 되어 나를 보살펴 주고 내 마음을 알아준다면, 배꼽까지 든든한 기분이 들겠다고 생각했었거든요. 그럴 때면 가슴 한편이 시리고 쓸쓸했어요. 육아 서적을 엄마 입장에서 읽었다기보다는 아이의 입장에서 읽었나 봐요.

엄마가 됐다는 사실을 알고 나서 기쁨, 환희도 있었지만, 그 이후 긴장감과 두려움이 더 컸어요. 이른 나이에 엄마가 된 터라 주변에 조언을 구할 데도 없었고, 제가 봐 온 '엄마의 모델'은 별로 닮고 싶지 않았거든요. 그래서 자신이 없었어요. 사람은 자기가 보고 배운 것보다 더 잘할 수는 없다고 생각했어요. 제가 닥치는 대로 종류별 육아책을 섭렵했던 건 사실 그런 불안감을 잠재우기 위한 나름의 '대비책'이었던 거예요.

그런데, 이 불안에 더욱 불을 지핀 한 문장이 있었어요.

"약 83%의 아동 학대가 어린 시절 학대받은 엄마에 의해서 대물림된다."

한 육아 서적에서 이 문장을 보고 난 뒤부터 누구에게도 말하지 못했지만, '내가 과연 엄마 할 수 있을까…?' 하는 걱정에 밤잠을 설치는 날이 많았답니다.

행복한 가정을 꾸리고 싶었어요. 아주 어릴 때부터 제 소원이었어요. 그런데 간절히 원하고 바라다가도 불쑥불쑥 억울한 마음이 올라오곤 했어요. 이게 이토록 절박해야 할 일인가. 하지만 억울하고 원망하는 마음에만 매몰돼 있을 순 없죠. 이미 난 한 아이의 엄마가 돼 버렸으니까요. 하루하루 다르게 자라가는 내 아이에게, 날마다 좋은 것을 주고 싶었어요. 정말 전 세상에서 제일 좋은 엄마가 되고 싶었어요. 좋은 엄마가 어떤 건지 알지도 못하면서, 좋은 엄마가 되는 방법이 뭔지도 모르면서 말예요. 마음 그득히 충만한 그런 든든한 느낌, 책 속에 있는 좋은 엄마의 사랑이 다 자란 내게도 너무 고프고 필요했지만, 그만큼 내가 할 수 있는 가장 최선의 사랑을 해 주고 싶었어요.

이다음에 다 자란 내 아이에게, 지금 내가 하고 있는 고백을 듣고 싶지 않다고 생각했어요.

"난, 엄마 같은 엄마는 안 되고 싶어."

좋은 엄마 콤플렉스

04

나도 엄마가
필요했던 거야

1) 외로움 - 혼자 잘 노는 아이

"엄만 내가 안 궁금한가 봐."

저는 말이 많은 아이였나 봐요. 조용히 좀 하라는 핀잔을 자주 들었던 것 같거든요. 유치원이나 학교에서 무언가 특별한 일이 생기면 '이건 잘 기억해 뒀다가 엄마한테 꼭 얘기해 줘야지. 엄마가 엄청 좋아하겠지?' 하면서 몸 떨릴 만큼 기뻐했던 기억이 나요.

집에 돌아오면 집안일 하는 엄마를 졸졸 따라다니면서 재잘재잘 얘기를 늘어놓았어요. 그럼 엄마는 "아휴, 저리 좀 가 있어. 얘는 바쁠 때 꼭 이래, 정말!" 하셨어요. 전 그게 그렇게 서운하더라고요. 종일 엄마한테 얘기하고 싶어서 기대에 차 있었으니까요.

기다렸다가 저녁 식사하면서 다시 얘기를 시작하려 하면, "밥 먹을 땐 밥만 먹으라고 했지!" 하고 다그치셨어요. 그럼 삼켰던 밥알이 울컥하고 다 튀어나올 것 같았어요. 엄마는 '기껏 생각해서 지은' 밥을 잘 안 먹는 저를 타박하시곤 하셨지만 사실 전 밥이 늘 먹기 싫은 맛이었는걸요. 아빠는 언제 벌컥 화를 내며 밥상을 뒤엎을지 모르니 밥 먹는 내내 조마조마하고, 엄마는 그 밥을 짓느라 절 쳐다보지도 않았고 식사하는 중엔 잘 넘어가지도 않는 밥으로 내 입을 막는 통에 저는 엄마와 진정으로 소통할 틈이 없었으니까요.

'엄마는 설거지가 재밌고 밥하는 것만 좋은가 봐. 나랑 있는 건 싫은가 봐. 내 얘기는 하나도 안 궁금한가 봐!'

깔끔하고 헌신적인 엄마는 주방에 계시는 시간이 많았고, 그럴 때 엄마 곁에 가까이 가면 늘 혼이 났어요. 그래서 언젠가부터는 세계 명작 동화 테이프를 틀고 책을 보면서 엄마의 뒷모습을 많이 봤어요. 그러면 엄마는 혼자 잘 논다고, 착하다고 주위 사람들에게 칭찬도 하고 자랑도 하면서 흐뭇해하셨거든요.

어느 날 남동생이 태어났어요. 동생이 조금 자랐을 때, 설거지를 하는 엄마에게 달려가 엄마 다리를 붙들고 징징댔어요. 뒤에서 그 모습을 보던 저는 '아차!' 싶었어요.

'엄마는 집안일 할 때 가까이 가는 거 싫어하는데, 동생 큰일 났다. 혼나겠는데… 어쩌지?'

그때 빙긋 웃으며 동생을 내려다보는 엄마의 옆얼굴이 보였어요. 예상치 못한 장면에 전 놀라서 얼어붙었어요. 그런데 엄마가 뒤편에 있는 절 슬쩍 보시더니 당황하시며 미소를 재빨리 거두시는 거예요. 그 순간 전 엄마에게 쪼르르 달려갔어요. 그리곤 동생 목을 끌어안고 엄마의 표정을 살피며 이렇게 말했어요.

"나도 ○○이 좋아해."

무슨 마음으로 그랬는지 모르겠어요. 하지만 마음속으로 많이 슬펐어요. 그날 밤, 베개 솜이 다 젖도록 울었던 기억이 나요.

2) 불안함 - 죄책감을 가진 아이

"엄마도 나 모른 척했잖아요."

아빠는 다혈질이고 폭력적이셨어요. 어느 포인트에 벌컥 화가 나면 엄마나 저를 사정없이 때렸어요. 기저귀를 차던 아주 어릴 때부터 스물세 살까지 아빠한테 맞곤 했어요. 집이 무서웠어요. 그런데 더 싫었던 건, 절 지켜 주는 사람이 아무도 없다는 거였어요. 도박, 외도, 술, 폭력, 욕설, 추행, 거짓말을 일삼는 아빠는 당연히 밉고 무서웠어요. 하지만 말리면 더 화를 낸다는 이유로 내가 아빠한테 추행을 당하거나 맞을 때 동생과 다른 방으로 가 있는 엄마는 더 미웠어요. 문을 닫다가 닫히는 문틈 사이로 저와 눈이 마주쳤을 때 모른 척 문을 닫던 엄마가 너무 야속하고 싫었어요. 아빠한테 맞고 나서 멍들고 퉁퉁 부은 얼굴로 방에서 숨죽여 울고 있으면 엄마는 슬쩍 들어와 비난하는 표정으로 한마디를 덧붙이고 나가셨어요.

"그러게, 넌 아빠 성질 뻔히 알면서 왜 맞을 짓을 골라 해서는 집안 분위기를 엉망으로 만드냐?"

때린 아빠만큼이나 엄마의 말은 비수가 되어 꽂혔어요. 엄마 말대로 매번 맞을 때마다 제가 아빠를 화나게 한 이유가 있긴 했던 것 같아요. 그런데 참 이상하죠? 맞고 있던 그 순간에도, 엄마의 말을 듣던 그 순간에도, 시간이 한참 지난 지금도 '맞을 짓'이 대체 뭐였는지 모르겠어요. 그때나 지금이나, 아무리 생각해 봐도 그냥 감정 조절 하나 제대로 못 하는 미성숙한 어른의 폭발 같은데 말예요.

온 힘을 다해 휘두르는 아빠의 팔다리는 사실 그렇게 아프진 않아요. 자주 맞다 보면 이력이 나거든요. 다만 불시에 가해지는 강한 충격이라 많이 놀라고 기분이 나빠요. 정말 아픈 건 살기가 도는 아빠의 눈빛이에요. 너무나도 사랑받고 싶은 대상인 아빠에게서 죽일 듯한 눈빛을 보는 건, 정말이지 너무 많이 슬프거든요.

언젠간 밤에 자다가 맞은 적이 있어요. 그때 가장 큰 공포를 느꼈어요. 처음으로 '사람이 이러다 죽을 수 있겠구나.' 하는 생각을 했어요. 딱 한 대를 맞았을 뿐인데, 힘이 쭉 빠진 무방비 상태에서 맞다 보니 너무 많이 놀라고 아팠던 것 같아요. 잠을 자고 있던 내가 무슨 잘못을 해서 맞아야 했던 건지 그 이유는 아직도 몰

좋은 엄마 콤플렉스

라요. 그날 이후로 전 온몸에 힘을 주면서 자는 습관이 생겼어요. 이도 악 물고, 어깨에 잔뜩 힘을 준 채로요. 그 밤, 내 발밑에도 엄마가 서 있었어요. 그렇게 힘없이 보고만 있던 눈도 참 많이 아프고 슬펐어요.

맞을 때면 어김없이 닫히던 방문이 제겐 너무 차가운 느낌이었어요. 그래서 엄마가 아빠한테 맞을 때면 제 방 문고리를 잡고 문 뒤에서 숨죽여 울었어요. 혹시나 바람에 문이 닫혀 버릴까 봐요. 그럼, 엄마도 혼자라는 느낌에 마음까지 더 아파질까 봐요.

엄마가 아빠한테 맞던 어느 날이었어요. 체감상 반나절은 훌쩍 넘은 듯한 긴 시간 동안, 그날도 저는 제 방 문고리를 꼭 잡고 울고 있었어요. 그런데 한바탕 푸닥거리가 끝나고 내 방 문 앞을 지나던 엄마가 "넌 거기서 그렇게 구경만 하고 있냐?" 하는 거예요. 그 말을 듣는 순간, 가슴이 쿵 내려앉았어요.

'내가 이렇게 가만히만 있어서 엄마가 서운하셨구나.'

죄책감이었어요. 나밖에 모르는 이기적인 나. 그래서 그 뒤로도 엄마, 아빠가 "넌 어쩜 그렇게 항상 너밖에 모르냐?"라고 하실 때마다, 난 문 뒤에 숨어서 아무것도 안 하던 그날의 비겁한 내가 떠올랐었나 봐요.

그런데… 엄마, 엄마도 나 안 지켜 줬잖아요. 엄마도 아빠가 무서워서 나 모른 척했잖아요. 방 문고리 잡고 울던 난, 겨우 열 살이었어요. 내가 뭘 해야 했던 건가요? 아빠 입버릇처럼 그러셨었죠. 똑같은 자식새낀데 나한텐 이상하게 정이 안 가고 밉다고. 희한하게 나만 보면 주먹이 먼저 나가고, 죽여 버리고 싶다고요. 나를 미워하고 때리고 죽이고 싶어 하는 아빠를, 자식이 위할 수 있을까요?

내가, 나밖에 몰랐던 건가요…?

3) 무기력함 – 보호받고 싶은 아이

"내 기억이 잘못됐나 봐."
....

초등학교 4학년 때의 일이에요. 당시 같은 반에 일곱 살 수준의 지적 발달장애를 가진 친구가 있었어요. 그런데 어느 날 새로 전학 온 남자애가 그 친구를 괴롭히기 시작했어요. 장난이라기엔 악의적이긴 했지만 그래도 처음엔 봐 줄 만한 수준이었는데 갈수록 도를 지나쳤어요. 점점 다른 아이들도 괴롭힘에 합류시키는데 아무도 저지하지 않는 게 영 못마땅하고 불편하더라고요. 보다 못한 제가 몇 번 만류했어요. 그런데 콧방귀도 뀌지 않고 오히려 무리 지어 그 친구를 더 심하게 괴롭혔어요. 전 선생님께 말씀드렸고 그 아이들은 혼이 났어요.

그 뒤로 그 무리의 아이들은 은근히 절 따돌리기 시작했어요. 겁을 주기도 하고요. 처음엔 별 신경 쓰지 않았는데, 시간이 지날수록 점점 따돌림의 강도가 세졌고 다른 친구들도 동조하기 시작했어요. 급기야 그 아이는 동네 형들을 불러 하굣길 집단 폭력으로 절 괴롭혔고, 같은 중학교에 진학해서는 3년 내내 입에 담을 수 없는 온갖 괴롭힘을 주동했어요.

그 아이는 공부를 곧잘 하는 아이였어요. 그래서 그 아이의 엄마는 동네에서 꽤 유명했죠. 그 아이의 엄마는 성적 좋은 아이의 엄마들과 일종의 모임을 주선했고, 그 모임은 엄마들이 여러 교육 정보를 얻는 루트가 됐죠. 우리 엄마도 그 모임의 일원으로, 그 아이 엄마와 친분이 있는 사이였어요. 엄마들끼리의 친분이 아이들끼리의 친분으로 이어지진 않았어요. 엄마가 그 모임에 다녀오면, 거기서 듣고 온 얘기들로 온갖 비교를 해댔으니까요.

그 아이가 한 행동들에 대해 엄마에게 얘기했을 때 엄마는 "확실해? 걔가 그런 건 맞고? 괜히 그럴 애가 아닌데. 걔가 얼마나 젠틀하고 그 집 식구들이 얼마나 다 교양 있는 사람들인데. 네가 처신을 똑바로 했으면 그랬겠어? 네가 그럴 만하니까 그랬겠지."라며 제 탓으로 돌렸어요.

엄마의 반응을 본 전 허탈했고 무력해졌어요. 집에서도, 내 보호자에게도 보호받지 못하는데, 제가 무얼 할 수 있겠어요? 그저 당할 수밖에. 악몽 같은 5년이 지나고, 나행히 고등학교는 그 아이와 다른 곳으로 진학해 숨을 돌릴 수 있었지요.

고2 겨울 방학. 엄마는 '지인 찬스'로 아주 좋은 반기숙형 학원에 어렵게 등록을 했으니 정신 바짝 차리고 열심히 공부하라고 하셨어요. 그런데 첫 등원 날 셔틀버스에서 '그 아이'를 마주친 순간, 전 온몸이 굳어 버리는 것 같았어요. 가슴이 벌렁거리고 식은땀이 나고 다리가 후들거려 어디론가 도망가고 싶다는 생각이 들었어요.

'어…? 심장이 갑자기 왜 이러지…? 왜 이렇게 몸이 떨려…? 나 애 좋아하나…? 그때 날 왕따시킨 애가, 애 아니었나…? 내 기억이 잘못됐나…?'

내 마음을 나도 모르겠더라고요. 내 기억을 내가 못 믿겠고요. 우리 엄마라면, 나한테 그럴 리가 없잖아요. 엄마라면 날 그렇게 괴롭힌 아이의 엄마에게 '부탁'까지 해서 이 아이와 같은 학원, 같은 반에 등록할 리가 없잖아요? 그것도 새벽부터 늦은 밤까지 온종일 붙어 있어야 하는 그런 곳에요. 그러니 내 기억이 잘못된 것이었어야만 해요. 공포를 느낄 때의 그 떨림, 그걸 누군가를 좋아할 때 생기는 떨림이라고 착각했어요. 아니, 그렇게 믿고 싶었던 거겠죠. 엄마의 보호를 받고 있다고 말이에요.

아직도 엄만 그 아이네 집 소식을 제게 전하시곤 해요. 여전히 난 그 아이 이름만 들어도 가슴이 벌렁거리고, 그 아이에 대해선 전혀 궁금하지도, 알고 싶지도 않은데 말이에요.

4) 압박감 – 태어난 게 죄송한 아이

"어떻게 죽을까?"

> "엄마, 아빠, 낳아 주시고 길러 주셔서 감사해요. 버리
> 지 않고 키워 주셔서 고마워요. 말 잘 안 들어서 죄송해
> 요. 앞으로는 착한 딸이 될게요. 사랑해요."

어버이날이 되면 늘 괴로웠어요. 일 년에 한 번씩 아주 큰 돌덩이가 가슴에 얹히는 것 같았거든요. 여섯 살인가 일곱 살 즈음 그 무게를 처음 느꼈어요. 유치원에서 색종이로 카네이션을 만들고, 예쁜 색지에 부모님께 편지를 쓰던 순간부터 말이에요.

엄마, 아빠는 그걸 받고 흐뭇해하셨던 것 같지만, 전 눈물을 뚝뚝 흘리면서 썼던 첫 어버이날 '반성문'이었어요. 많이 슬펐거든요. 부모님을 생각하니 '날 사랑하는 엄마, 아빠'보다 '내가 괴롭힌 엄마, 아빠'가 생각나더라고요.

전 어렸을 때부터 무언가 배우는 걸 좋아했어요. 그런 제게 부모님은 기대가 크셨죠. 처음엔 부모님의 그 기대가 좋았어요. 드

디어 나도 부모님의 인정과 관심을 받을 기회가 생긴 것 같아서
요. 내가 무언가에 큰 의욕을 보일 때면 부모님이 날 기특하고 자
랑스럽게 여기시는 게 느껴졌어요. 그럴수록 전 무엇이든 더욱
열심히 했지요.

　제가 어렸을 땐 초등학교에도 중간 기말 시험이 있고 수우미양
가를 매기는 성적표도 있었거든요. 어느 날 제가 전 과목 올백을
맞은 거예요! 처음으로 엄마, 아빠가 오롯이 나 때문에 활짝 웃는
얼굴을 봤어요. 여기저기 자랑도 막 하시고요. 저는 아주 잠깐 기
쁘다가, 아차 했어요. 아빠의 말을 듣는 순간, 깨달았거든요.

　"이거 봐라. 하니까 되잖아. 계속 이대로만 하란 말이야. 알았
어?"

　'아, 올백은 실수였어. 난 평생 엄마, 아빠를 절대 만족시킬 수
없겠구나. 이제 난 끝이다.'

　올백은 말 그대로 완벽 그 자체잖아요. 무결점, 무실책. 그걸
어떻게 지속적으로 유지하겠어요. 곧바로 좌절감이 찾아왔어요.

좋은 엄마 콤플렉스

엄마, 아빠가 그토록 바라던 기준이 이만큼이었구나, 그렇게 날 몰아붙이던 이유가 바로 이거였구나 싶어서요.

"쌀만 축내지 말고 양심이 좀 있어 봐라. 너한테 들어간 돈을 합치면 집 한 채 값이 우스워. 인풋이 있으면 아웃 풋이 제대로 있어야 투자한 보람이 있을 거 아니야!"

"엄마가 너 땜에 창피해서 얼굴을 들고 다닐 수가 없다. 넌 성적을 그 모양으로 받고도 밥이 목구멍으로 넘어가 니? 들어가 공부나 해. 넌 밥 먹을 자격도 없어!"

"그렇게 공부한다고 설치더니 수준이 영 기대 이하네. 집안에서 장녀가 스타트를 엉망으로 끊었으니 동생들 입시 실패하면 다 은영이 네 책임이다. 알아 둬."

부모님이나 친척들이 내게 너무 큰 기대를 하고 있는 게 짓눌 릴 만큼 무거우면서도 부응하고 싶었어요. 그런데 내가 얼마큼을 해야 그 인정에 가닿을 수 있을지 모르겠고, 아무리 생각해도 자 신이 없었어요.

학년이 올라갈수록 부모님의 성적에 대한 집착은 심해졌어요. 이전 시험 대비 등수, 경쟁자와 비교한 점수, 같은 백 점이어도 반에서 몇 명이 맞은 백 점인지 등 점점 높은 기준이 절 옥죄어 왔어요. 성적표가 나오는 날이면 전 늘 배가 아프고 어지럽고 식은땀이 나고 열이 나곤 했어요. 어김없이 엄마한테 한 번, 아빠한테 한 번 매타작이 있었거든요. 정작 성적 때문에 제일 속상하고 답답한 건 나 자신이었는데 정말이지 미쳐 버릴 것만 같았죠.

나에 대해 과도하게 기대하는 그 압박감에 허덕이고 지쳐서 부모님을 미워하고 원망하는 마음도 있긴 했지만, 더 큰 마음은 두려움이었어요. 전 공부하는 게 항상 두려웠어요. 너무 잘할까 봐도 두려웠고, 너무 못할까 봐도 두려웠어요. 너무 잘하면 성적에 대한 부모님의 기대에 짓눌리게 될 것 같아 두려웠고, 너무 못하면 부모님이 실망한 표정으로 쏟아붓는 막말과 매타작이 올 테니까요. 매일 죽고 싶었어요. 아니, 솔직히 말하자면 죽는 건 무섭고 싫은데, 사는 게 너무 숨 막혔어요.

초등학생 즈음부터 자살을 연구하기 시작했어요. 높은 곳에서의 투신은 아무래도 너무 무서웠어요. 시신도 참혹할 것 같고요. 약물

좋은 엄마 콤플렉스

은 적절한 종류도 적정량도 몰라 실패 확률이 높으니 시도하지 않기로 했고요. 혼자 지하철을 탈 수 있을 때쯤엔, 내가 수영을 못 하니까 한강을 떠올렸어요. 방법은 확실한데, 생각해 보니 가족들이 신원 확인차 한강 근처로 오려면 교통체증을 왕복 두 번 겪어야 하겠더라고요. 아빠는 길 막히는 걸 끔찍이도 싫어하시거든요. 죽는 마당에 마지막까지 불효하긴 싫어서 한강 투신도 아니다 싶었어요.

어떻게 잘 죽을까. 숨을 멈추면 죽겠다 싶어서 잠자리에 누워서 매일 밤 숨을 참았어요. 그러다 어느 날은 못 참고 터져 나온 숨을 뱉으며 울음도 함께 쏟았고, 어느 날은 정신이 아득해지는 듯 잠이 들어 아침을 맞기도 했어요. 고등학생 때엔 굶으면 자연스럽게 죽지 않을까 싶어서 한 달 넘게 물과 음식을 안 먹기도 했어요. 학교에서 졸도한 저를 옮겨서 영양제와 수액을 맞추는 바람에 엄마한테 알려져서 그 계획도 수포로 돌아갔어요. 영양실조가 뭐냐고 동네 창피하다는 엄마에겐 살 빼느라 잘 안 먹어서 그런 거라고 거짓말했지만요.

가장 실현 가능성 높고 깔끔한 게 사고사라는 생각이 들었어요. 워크맨 볼륨을 최대로 높이고 눈을 질끈 감고 거리와 도로를 지나다녔어요. 신호등도 차들도 보이지 않고, 클랙슨 소리도 아저씨들 외치는 소리도 들리지 않게. 다치기만 해서는 안 되고 즉사여야 한다고 속으로 빌면서 대로변을 찾아 돌아다녔어요. 그러다가 학원 시간이 되면 아무 일 없다는 듯 학원으로 가서 수업을 듣고, 학원 수업이 끝나면 시간을 정해 두고 또 큰 도로를 가로질러 다니다가, 독서실로 향했어요.

울면서 걸었어요. '죽고 싶다. 죽여 주세요.' 생각하면서 걸었지만, 지금 생각해 보니 그때 정말 깊은 내 속에선 누군가 날 잡아 주길 바랐던 것 같아요.

"학생! 위험해! 무슨 일 있는 거야…?"

진짜로 죽고 싶었다기보다 누군가 내게 말을 걸어 주길 바랐던 것 같아요. 아무도 궁금해하지 않던 내 마음을 물어봐 주길, 아무도 돌보지 않던 내게 관심을 가져 주길, 왜 살아야 하고 어떻게 살아가야 할지 가르쳐 줄 안전하고 믿을 수 있는 단 한 명이라도 내 곁에 있길, 넌 지금 그대로 사랑스럽고 지금 그대로 충분하다고 말해 주길, 사실은 그걸 정말 간절하게 바랐던 것 같아요.

좋은 엄마 콤플렉스

5) 무능감 – 할 수 있는 게 없는 아이

"나… 정말 병신인가?"

"사이즈가 어떻게 되세요?"

"무슨 사이즈요?"

"어… 속옷… 본인 것 구매하실 거예요, 선물하실 거예요?"

"제 거 사려고요."

"그럼 사이즈 말씀해 주세요. 제가 그 모델로 해당 사이즈 가져 다드릴게요. 착용해 보시는 게 좋으시겠죠?"

"어… 이게… 사이즈가 다 다르게 있어요…?"

"…네…?"

대학교 1학년, 그러니까 막 스무 살이 됐을 때의 일이에요. 큰 길가를 걷다가 예쁜 속옷 가게가 눈에 띄어 무작정 가게 안으로 들어갔어요. 난생 처음이었어요. 순면 100%로 된 흰색 학생용 속 옷만 입어 와서 그랬던 건지, 이제 막 성인이 되어 '어른처럼' 굴고 싶었던 건지. 쇼윈도 마네킹에 걸쳐진 레이스 장식의 '여성용' 속 옷이 참 우아해 보여서 사 입고 싶었어요. 그런데 점원이 예상치 못한 질문을 하는 거예요. 사이즈라니. 브래지어에 그렇게 다양한 사이즈가 있다는 것 자체를 몰랐어요. 그때까지 내 몸의 사이즈조차 몰랐던 거예요.

당황스럽고 부끄러워서 도망치듯 가게를 뛰쳐나왔어요. 그리고 제가 제일 좋아하는 문구점으로 들어갔어요. 정확히는 모르겠지만 무언가를 만회하고 싶다는 생각이었어요.

'속옷은 다음에 사고, 대학생 느낌이 나는 심플한 필통을 하나 장만해야지.'

수많은 필통이 진열된 것을 보고 있으니 갑자기 머리가 어질어질해졌어요. 익숙하게 전화를 걸었죠.

"엄마, 나 심플한 디자인 필통 하나 사려고 하는데, 어떤 거 살까? 분홍색이랑 파란색이 있는데, 둘 다 마음에 들어서 뭘 사야 할지 모르겠어. 색깔은 분홍이 예뻐 보이기는 해. 근데 때 타겠지? 파랑이 나을까? 뭐 살까?"

"파랑이 낫지. 밝은색은 때 타서 오래 못 써. 엄마 지금 밖에 나

좋은 엄마 콤플렉스

와 있어서 길게 통화 못 해. 끊는다. 얘는 다 커도 아직도 이렇게 나를 찾는다니까. 나 없으면 안 돼. 호호호."

'정말 난 엄마 없으면 필통 하나 제대로 못 사네. 내 속옷 사이즈 하나도 제대로 모르고. 나, 진짜 병신인가…?'

아주 어렸을 때부터 나에 관한 모든 것은 엄마가 준비해 주셨어요. 준비물부터 액세서리, 가방, 양말, 속옷, 옷들까지 전부 다요. 엄마가 사다 주는 것들만 입고 썼어요. 안목이 높은 엄마는 항상 신중한 선택을 하셨고 그 퀄리티가 좋았던 것만은 확실했어요. 엄마가 마음에 드냐고 물으면 늘 마음에 든다고 했어요. 하지만 사실 전 그것들이 내 마음에 드는 것인지 생각해 본 적이 없어요. 내게 어울리는지 아닌지도 잘 몰랐고요. 그저 그렇게 대답을 해야 엄마가 흡족해하시는 것 같아 그렇게 말한 것뿐이에요. 내 입장에선, '내 마음에 드는' 물건이 아니라, 용도에 맞는 필요한 물건들이 내가 요구하기도 전에 항상 제때에 제자리에 갖춰져 있었던 거예요.

내 취향이 뭔지 몰랐어요. 더 정확히 표현하자면, 취향이라는 것이 생겨날 틈이 없었지요. 엄마, 아빠는 늘 말씀하셨거든요. "아무것도 신경 쓰지 말고 아무것도 하지 말고 넌 공부에만 전념해라. 공부만 잘하면 된다."라고.

조금 자랐을 땐 내 손으로 무언가를 사 보고 싶은 적도 있었어요. 그때마다 엄마는 눈살을 찌푸리며 한 소리를 하셨어요. 이런거 신경 쓰며 시간 낭비하고 다닐 시간에 문제집 한 장이라도 더 풀라고, 어쩜 그리 죄다 촌스럽고 싸구려 티 나는 것만 골라왔느냐고, 값어치 나갈 물건 보는 눈이 그렇게도 없느냐며 당장 가서 환불해 오라고 말이에요. 내가 산 무언가를 칭찬하시는 때는 학용품이나 문제집을 살 때뿐이었어요.

'난 진짜 왜 이 모양일까…?'

혼자서는 아무것도 할 수 없는 무능력한 느낌, 내가 선택한 것에는 항상 문제가 있고 오류가 있을 것 같은 느낌. 그게 아주 오랫동안 제 안에 있었어요. 아주 기본적인 것도 놓치는 멍청함, 옳고 그른 것을 분간조차 할 줄 모르는 무력함, 야무진 구석도 없고 특출 난 것도 없어서 무엇 하나 제대로 해낼 수 없을 것 같다는 어

좋은 엄마 콤플렉스

떤 '믿음' 같은 게 뿌리 깊이 있었어요. 새로운 일을 시작하거나 계획할 때 주변 사람 모두가 날 응원하고 격려해도 내 속에서 날 저주하는 목소리가 들리는 듯했어요.

"넌 뭐 하나 제대로 끝내는 게 없잖아."

"네가 하는 게 늘 그렇지. 결국 이번에도 또 실패할걸."

"거봐, 내가 뭐랬어. 지금도 머뭇거리지? 내가 너 그럴 줄 알았다."

chapter 2

좋은 엄마 콤플렉스

01

좋은 엄마가 되고 싶어서

좋은 엄마가 되고 싶었어요. '엄마가 어떻게 그럴 수 있어? 내가 엄마라면 안 그래.'라는 불만이 많았거든요. 참 신기하죠? '좋은 엄마의 상'을 어디서 겪어 본 것도 아닌데, 막연한 이상을 기준으로 가정을 하고 실망을 한다는 게.

다만 엄마와 다르게 살고 싶었어요. 아이들에게 최소한 저와 같은 아픔을 겪게 하고 싶지 않았어요. 아무리 애를 쓰고, 기를 써도 해결할 수 없고 사라지지 않는 깊은 상실감이 평생 따라다니는 것 같았거든요. 머릿속에 희뿌연 안개가 들어차 답답한 느낌, 목구멍에 야구공만 한 뜨거운 것이 콱 막힌 것처럼 먹먹한 느낌, 별일이 없는데도 가슴이 두근두근 불안한 느낌, 명치끝에 커다란 구멍이 뻥 뚫려서 시린 바람이 몰아치는 듯 아린 느낌, 배꼽 밑이

쑥 빠져서 무엇으로도 채워지지 않고 휑하니 비어 있는 느낌. 이것들 그 어느 한 자락, 단 한끝도 물려주고 싶지 않았어요.

임신 사실을 알게 된 후, 곰곰이 생각해 봤어요. 내가 엄마가 되면 우리 엄마를 이해할 수 있을까. 마음 한구석에서 그럴 수 있으면 좋겠다는 생각이 들었어요. 사람 대 사람으로, 여자 대 여자로, 엄마 대 엄마로 그렇게 될 수만 있다면 바랄 것이 없겠다는 넉넉한 마음이 들었어요.

엄마한테 보여 주고 싶었어요. 엄마 딸은 엄마보다 훨씬 멋있는 엄마가 됐다고 말이에요. 또 엄마에게 말해 주고 싶었어요. 내가 엄마의 아이일 때 상했던 마음들이, 내 아이의 좋은 엄마가 되는 거름이 되었다고. 그러니 엄마는 나에게 아주 조금만 미안해하면 된다고 말이에요. 다른 누군가가 아니라 엄마에게 보이기 위함이었어요. 그게 바로 제가 '좋은 엄마 콤플렉스'에 갇힌 이유였고요.

좋은 엄마가 되고 싶었지만, 저는 알고 있었어요. 내가 좋은 엄마가 되기엔 턱없이 부족하다는 걸요. 내가 그토록 받기 원했던 따뜻한 사랑, 그게 내 속에도 없다는 걸 전 너무나도 잘 알고 있었어요. 밤을 지새울 만큼 무거운, 돌덩이 같은 질문이 늘 따라다녔어요.

'엄마 노릇, 어떻게 해야 할까.'

02

나도 엄마가 처음이지만,
엄마 보란 듯이

제가 '좋은 엄마 되기'에 집착하게 된 건 엄마 보란 듯이 잘해 내고 싶었기 때문이에요. 또 아이들에게 학대를 물려주고 싶지도 않았고요. 아이들에게는 이 세상에 내 마음을 알아주는 사람이 한 명도 없다는 쓸쓸함을 주고 싶지 않았어요. 아이의 말에 귀 기울여 주고 아이가 느끼는 감정을 공감하고 수용해 주는 엄마가 되고 싶었어요. 힘들고 슬플 때 마음 놓고 기대어 울 곳이 되고 싶었어요. 내가 받고 싶던 사랑, 그걸 내 아이에겐 넘치게 주고 싶었어요.

　이러한 이상이 강렬해질수록 마음속에 질문들이 가득 떠올랐어요. 받아 본 적 없는 사랑을 과연 줄 수 있는 걸까. 거기에 '좋은 엄마'라는 무게까지 내가 감당할 수 있을까. 자신 없다는 대답만

맴돌아도 단 하나만은 끝까지 포기가 안 되더라고요. 아이에게 상처 주지 않는 좋은 엄마가 되고 싶다는 바람이요.

하지만 생각할수록 '상처 주지 않는 엄마'는 존재할 수 없겠더라고요. 내 나름대로 최선을 다해 부모 역할을 하고 최고의 사랑으로 아이를 길러낼 테지만, 분명 한계가 있겠지요. 내가 원치 않고 의도하지 않은 실수가 반드시 있을 거예요. 꼭 폭력이나 학대 같이 아주 심한 아픔까지 주진 않더라도, 내가 무심코 하는 말, 행동, 눈빛, 표정이 아이에겐 씻을 수 없는 상처로 남을 수도 있다는 걸 너무 잘 알고 있거든요. 상처를 주지 않으며 아이를 기르고 싶다는 건 불가능한 바람이었어요. 그래서 질문을 바꿨지요. 언젠가 아이가 나 때문에 상처를 받았다고 한다면 어떻게 해야 할까?

먼 훗날 아이가 다 자라서 저에게 상처받았던 것을 이야기하는 장면을 상상해 봤어요. 전 제일 먼저 변명을 하고 싶을 것 같았어요. 억울한 마음이 들 것 같더라고요. '매 순간 쉽지 않은 선택을 하고 책임을 지며 살아왔는데, 생각도 잘 안 나는 몇 가지 일을 곱씹으며 상처라니. 나도 저 때문에 힘든 일이 얼마나 많았는데, 제 힘든 것만 생각하다니…' 하면서 말이에요. 하지만 속마음을 차

좋은 엄마 콤플렉스

마 전부 털어놓진 못하고 이렇게 말할 것 같았어요.

"이게 너에게 그렇게 큰 상처가 될 거라곤 생각조차 못 했어. 그때 내 나름대론 그게 최선이었는데, 네 마음을 미처 헤아리지 못했었나 봐."

이렇게 말하면 아이가 내게 받아 온 사랑을 떠올려, 날 이해해 주고 양해해 줄까. 무언가 해결되지 않은 기분에 다시, 그 말을 들은 아이 입장을 생각해 봤어요. 엄마에게 상처를 받아 상한 마음을 나눈 아이의 입장에선, 철저히 엄마 입장만을 얘기하며 최선을 논한 저 말은 더 아플 말이겠더라고요. 설사 말의 내용이 전부 사실이고 머리로 다 이해가 되더라도 말이에요.

내 어린 시절을 떠올려 봤어요. 그 시절, 내가 부모에게 듣고 싶던 말이 있었나. 단 몇 초 만에 바로 떠올랐어요. 생각보다 아주 간단하고 쉬운 말. 그러나 정작 필요할 땐 듣기 참 어려운 말. "정말 미안해."

아주 잠깐 엄마가 될 상상만 해 봐도 알겠더라고요. 아무리 애를 쓰고 노력해도 아이에게 상처를 안 줄 수 없겠다는 걸요. 상처를 주려고 의도하는 부모는 없다는 것도요. 그래서 엄마가 되면, 상처받았다는 아이에게 내 헌신과 사랑을 알아 달라고 하고 싶어지나 봐요. "내 입장에선 나도 안 해 봤던 엄마 노릇 하느라 얼마나 노력하고 애를 써 왔는데, 그건 왜 몰라주고, 고작 그 몇 가지 잘못한 것만 걸고 넘어지냐." 하면서요.

아이가 태어나자마자 '엄마 모드'로 최적화되는 사람은 아마 없을 거예요. 엄마라는 자리는 어쨌든 다른 사람을 '위하는' 자리이니까요. '엄마가 돼 봤어야 알지….', '어디서 배워 봤어야 알지….' 처음이라 모르고 서툴러서 늘 헤매는 것 같은 게 엄마라는 자리인가 봐요. 처음이니까 당연한 거겠죠. 그런데 처음이라 부족한 건 '내가' 인정하고 안타까워할 일이에요. '아이에게' 인정하고 이해해 달라고 요구할 게 아니라. 아팠다는 아이에게 그 외에 다른 건 괜찮지 않았냐고 하는 건 너무 가혹해요. "나도 어쩔 수 없었다. 그러니 웬만하면 넘어가고 네가 이해해 줘." 하는 건 뻔뻔하고요. 아이는 내가 보호하고 사랑해야 할 대상이잖아요.

이렇게 생각을 쭉 해 가다 보니 가닥이 좀 잡히는 것 같았어요.

전 '꼭 필요한 말 잘하는 엄마'가 되어야겠다고 결심했지요. 내가 잘못한 일은 잘못했다고 인정하고, 미안한 일은 미안하다고, 고 마운 일은 고맙다고, 사랑스러울 땐 사랑스럽다고 말하는 그런 엄마요. 특히 "미안해."를 잘하는 엄마가 되기로 다짐했어요.

03

별걸 다 잘하는 엄마

"미안해."라는 말에는 많은 의미가 담겨 있어요. 내 잘못을 인정하고 용서를 구하는 의미도 있고, 겸손하게 양해를 구하는 뜻도 있어요. 당신에 대한 내 마음이 편하지 않고 유감스럽다는 뜻도 있고, 부끄럽다는 뜻도 있지요. 그래서 미안하다는 말은 상대를 존중하고 배려하고 사랑하는 마음이 있을 때라야 할 수 있는 말이에요.

또 미안하다는 말은, 말로만 끝나는 말이 아니에요. 상대를 위하는 마음에서 나오는 말이라 '상대를 위하는 태도'가 뒤따라와야 해요. 잘못을 인정하고 용서를 구한 후에는, 같은 잘못을 반복하지 않기 위한 노력과 실제적인 변화가 동반되죠. 겸손히 양해를 구한 후엔, 상대를 업신여기거나 무시하는 태도가 나올 수 없고요. 무언가 유감스럽거나 부끄러운 마음을 표현한 후엔, 상대를 더욱 사려 깊게 배려하는 행동이나 태도들이 나올 수밖에 없어요. 어떤 사람의 "미안해."라는 말이 진심이라면 말이에요.

"미안해."를 잘하는 엄마가 되겠다는 저의 다짐은 이 모든 '미안해'의 의미들을 포함, 내 한계를 인정하고 시작하겠다는 말이기도 했어요. '내 부족함을 발견하는 즉시 아이에게 미안해해야지. 그리고 미안한 만큼 성장하고 성숙해야지.' 생각했어요.

우리나라는 미안하다는 말에 유독 민감하고 인색한 경향이 있는 것 같아요. 미안하다는 말을 마치 전장에서 백기를 흔드는 항복의 의미로 여기는 사람들이 생각보다 많더라고요. 아마 "I'm sorry."는 다양한 맥락에서 쓰이는 말인데, 우리나라의 "미안해."는 대체로 무언가 잘못했을 때 그것을 시인하는 때에 주로 사용해서 그런가 봐요. 물론 미안하다는 말을 아무에게나, 아무 때에나 남발할 필요는 없어요. 하지만 사랑하는 사람에게는 아낄수록 손해예요. 전 사랑하는 크기만큼 미안하다고 생각하거든요. "I'm sorry."가 가진 다채로운 의미의 미안함 말이에요. 미안하다는 말을 하는 데에는 사랑한다는 말을 할 때보다 더 큰 용기가 필요해

좋은 엄마 콤플렉스

요. 이상하게 그렇더라고요.

아이들이 학교에 다니면 공개 수업을 하는 날이 있어요. 아이의 학교생활을 직접 볼 수 없는 부모 입장을 배려한 프로그램 같아요. 특히 공개 수업은 대체로 학기 초에 진행돼서 아이가 학교생활에 잘 적응하고 있는지 살펴보고 안심하는 데에 큰 도움이 되기도 해요. 그날이 되면 학부모들은 정해진 시각, 정해진 장소(주로 교실 뒤편)에 모여서 아이들과 선생님이 수업하는 모습을 참관하죠.

큰아이 학교 공개 수업 날, 수업 참관을 하러 학교에 갔어요. 교실에 들어서니 수군거리는 소리가 들리고, 여기저기서 킥킥 웃음소리가 나는 거예요. 그리고, "수아 엄마가 누구예요?" 하더라고요. 엄마들 몇 명이 교실 뒤편에 꾸며진 게시판을 보고 있던 거였어요. 무슨 일인가 싶어 게시판 가까이 가 보니, 엄마들이 왜 절 찾았는지 그 이유를 알겠더라고요. 겨우 웃음을 참고 있는데, "무슨 잘못을 그렇게 많이 했길래 상까지 받아요?" 한 엄마의 속삭이는 농담에 입술 깨물고 음소거로 웃느라 그날 아주 진땀을 뺐지요. 자기 잘못을 잘 깨닫고 미안하다고 잘해서 주는 상이래요.

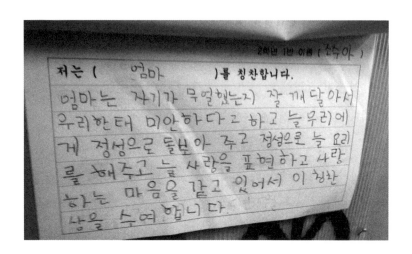

저는 (　　엄마　　)를 칭찬합니다.

엄마는 자기가 무얼했는지 잘 깨달아서
우리한테 미안하다고 하고 늘무리에
게 정성으로 돌보아 주고 정성으로 늘 요리
를 해주고 늘 사랑을 표현하고 사랑
하는 마음을 갖고 있어서 이 칭찬
장을 수여 합니다.

　　　내 아이만큼 어렸던 내가 그토록 듣고 싶던 말. 듣고 싶었던 만큼 내 아이에게 더 많이 했나 봐요. 저, 상 받을 만큼 "미안해."를 잘하는 엄마랍니다.

좋은 엄마 콤플렉스

04

다른 집 아이처럼 1

좋은 엄마를 '잘'하려면 '벤치마킹'도 중요하다고 생각했어요. 벤치마킹이라고 하니까 상당히 긍정적이고 의욕적인 육아를 했나 보다 하실 수도 있겠지만, 실상은 그와 정반대였어요. 아이를 키우는 내내, 아이의 매일은 엄마인 제게도 새로운 날이라 늘 '처음'이었어요. 처음이라 몰라서 불안하니까, 아이가 어떻게 자라나는지를 다른 사람 기준으로 자꾸 비교하게 되는 거예요. 남들보다 무언가를 빠르게 하면 다 좋은 것 같고, 조금이라도 뭔가가 늦으면 큰일이라도 난 것처럼 불안해지고. 그래서 내 눈으로, 다른 사람의 얘기로 자꾸만 확인하고 싶더라고요. 아무 문제없이 잘 키워 가고 있다는 확인 말예요.

아이는 날마다 자랐고, 자라며 더욱 예뻤어요. 맘마라는 말을

좋은 엄마 콤플렉스

할 때, 엄마라는 말을 할 때 더욱 그랬어요. 유난히 말이 빨랐던 딸아이를 보며 천재가 아닐까 싶었고 '남들보다' 말이 빠르다는 이유로 전 엄마 노릇을 잘하고 있는 훌륭한 엄마가 된 듯 어깨에 힘이 들어간 나날을 보내고 있었어요. 그쯤 맘카페에서 요즘 영아기 때부터 문센(문화센터) 안 다니는 아이들이 없다는 말을 들었어요. 저도 아이 개월 수에 맞는 '핫한' 수업을 알아보고 부랴부랴 등록을 했지요. 남들 하는 건 하루라도 빨리 시작해서 다 해야 할 것 같더라고요. 내가 수험생이던 때에도 이보다는 느긋했던 것 같은데 마음이 어찌나 급해지던지요.

아이를 옆구리에 끼고(당시 힙시트가 유행이었어요.) 문센을 다니기 시작했어요. 낯가림이 심한 딸은, 시종 굳은 얼굴로 수업에 참여했어요. 그 수업엔 아무에게나 가서 방긋거리며 잘 웃는 한 아기가 있었는데, 전 그 아기의 엄마가 참 부러웠어요. 하도 부러워하다 보니 우리 아이가 말 잘하는 건 어느새 뒷전, '아이 낯가림이 심한 게 무슨 문제가 있어서 그런 건 아닐까.', '사회성이 너무 부족한 건 아닌가.', '내가 뭔가 잘못하고 있는 거 아닐까.' 걱정이 되더라고요.

그러던 어느 날, 어깨너머로 문센의 엄마들이 서로 무언가를 보여 주며 정보 공유를 하고 있는 게 보였어요. 그 '잘 웃는 아기'의 엄마는 책 한 권을 펼쳐 들고, "이 책이 바로 그 대박 책이에요." 하고 있었어요. 저 책이 잘 웃는 아기의 엄마가 성격 좋은 아이로 기르는 '비법서'는 아닐까 눈이 번쩍 뜨였어요!

집에 돌아와서, 폭풍 검색 끝에 '그 대박 책'의 출판사를 알아냈어요. 참으로 '보암직도 하고 도움이 됨직도 해 보이는' 책들이었어요. 이렇게 알록달록 예쁜 색감의 그림들을 많이 봐서 정서가 안정된 아이라, 그렇게 빵긋 잘 웃는 것 같다는 확신마저 생기더라니까요. 그림책 몇 권 엮은 전집치고는 상당한 금액이었지만, 다른 집 아이들은 다 하는데, 내 아이만 뒤쳐지면 안 되잖아요. 영업사원의 얘기를 들으니, 하루라도 빨리 사들여야 마땅할 것 같았어요. 결국, 반대하던 남편을 설득하고 지르고 말았어요.

그 전집이 우리 아이에게 좋은 영향을 주었을까, 그 책들이 그 값어치만큼이나 탁월한 도움이 되었을까 물으신다면, 모르겠어요. 다만 아이는, 다 자란 지금도 엄마가 무릎에 앉혀 재밌는 목소리로 무한 반복하며 책을 읽어 주던 '그 순간'만은 아직 기억하고 있어요.

좋은 엄마 콤플렉스

05

그날, 그 엘리베이터에서
난 왜 그렇게 화가 났을까?

어느 날, 아이와 놀이터에서 놀다가 집에 돌아가는 길이었어
요. 그날은 수아도 한껏 신이 났는지 처음 보는 동네 언니들 앞에
서 춤까지 춰 보인 역사적인 날이었어요. 수아가 낯선 사람 앞에
서 이런 적은 처음이라 저도 왠지 신기하고 들떴어요. '우리 아이,
사회성이 달라졌어요.'인 건가! 기분 좋게 엘리베이터를 탔는데
동네 아주머니께서 인사를 건네셨어요.

"아이고, 딸내미 참 이쁘네. 너 몇 살이니?"
"…."

수아는 여느 때처럼 제 뒤로 숨어서 고개만 빼꼼 내밀었어요.

"아이가 낯을 좀 가려서요. 수아야, '안녕하세요.' 해야지."

"그래. 아줌마한테 '안녕하세요.' 해 봐. 예쁜 목소리 좀 들어 보자."

수아는 제 바짓가랑이를 더 세게 비틀어 쥐고 꼭꼭 숨어 버렸고, 전 민망한 웃음을 지으며 집으로 돌아왔어요. 그런데 문득 '괜히 내가 먼저 나서서 아이가 낯가린다는 말을 하는 바람에 아이를 더 숨어들게 하는 건 아닐까.' 하는 생각이 들었어요. 사회생활에서 인사는 정말 중요한 건데, 낯을 가린다는 이유로 언제까지 엄마 뒤에 숨어 있는 게 가능하겠어요?

'이거 정말 심각한데? 이대로 두면 큰일 나겠어!'

수아를 앉혀 놓고 얘기를 시작했어요.

"수아야, 아까 엘리베이터에서 아줌마한테 왜 인사 안 했어?"

"나 인사하기 싫어. 부끄러워."

"그래도 인사는 해야 하는 거야."

"싫어. 안 해."

"어른한테는 인사해야 하는 거야."

"안 하고 싶어. 나는!"

"엄마 말 안 들을래? 이제부터 어른 보면 인사하는 거야! 알았어? 안 그러면 맴매야!"

"인사 싫어. 싫어서 안 할 거야! 으앙~~!"

떼를 쓰는 아이를 보면서 고집이 여간 센 게 아니라고 생각했어요. 몇 번이나 같은 말을 했는데 자기 생각을 꺾지 않는다고요. 아이의 울음소리는 짜증을 유발하죠. 달래지지 않을 경우엔 더 그렇고, 엄마의 감정이 격해져 있을 땐 더더욱 그렇고요. 지속되는 울음소리를 들으면서 저도 벌컥 화가 났어요.

"뚝 그쳐! 뭘 잘했다고 계속 울어!"

어린아이가 말로 다 표현은 못 하겠고, 얼마나 답답하고 억울했을까요? 그래서 그렇게 울음이 안 그쳐졌었나 봐요. 엄마는 낯선 아주머니에게 인사하지 않은 이유를 물어봤고, 아이는 그 질문에 대한 정확한 답을 했어요. 부끄럽다고요. 그런데 엄만 그 이유에 대한 어떤 해결 방안이나 대책은 주지 않은 채, 인사는 무조

좋은 엄마 콤플렉스

건 해야 하는 거래요. 아니, 혼자서 이미 정해 둔 답을 얘기할 거면 아이에게 이유는 뭐 하러 묻나요? 이해가 되지 않은 아이는, 인사를 하고 싶지 않다고 다시 한번 얘기했어요. 그래도 엄만 막 무가내예요. 게다가 앞으로는 인사하지 않으면 매를 맞게 될 거라는 무서운 말까지 해 버려요. 인사가 왜 중요한지 자세히 설명을 해 주든지, 아이가 숨고 싶을 만큼 부끄러운 마음은 어떻게 해결하면 좋을지 알려 줘야 할 것 아닌가요? 대체 누가 고집을 부리고 떼를 쓰고 있는지 모르겠어요.

그날, 전 왜 그렇게 화가 났던 걸까요? 아이가 낯가리는 걸 몰랐던 것도 아닌데, 그날은 왜 유독 그게 그렇게 걸렸을까요? 정말 아이를 위해서, 아이의 미래가 걱정돼서 했던 훈육이었을까요? 아니, 훈육이 맞긴 했던 걸까요? 아니면 단지 내 감정 폭발이었을까요?

다른 사람이 내 아이를 보고 무어라 평가하고, 나를 보고 무어라 판단할까 봐 두려웠어요. 내가 좋은 엄마로 '보이지' 않을까 봐. 내 아이가 좋은 아이로 '보이지' 않을까 봐. 그게 싫어서요.

처음 보는 사람을 보고도 잘 웃고 인사를 잘하는 아이, 사교적이고 명랑한 아이. 대체로 많은 사람들이 말하고 있고, 저도 모르게 무의식적으로 갖고 있던 '좋은 아이의 틀'에 내 아이가 맞지 않다고 생각하고 있었나 봐요.

겨우 네 살 아이에게 그까짓 인사가 뭐 대수라고.

좋은 엄마 콤플렉스

06

근데 엄마 눈이랑
목소린 안 웃잖아

남편과 다투고 마음이 풀리지 않은 채 보내고 있던 날이었어요. 아무리 제 기분이 안 좋아도 아이 저녁밥은 차려서 먹여야 하잖아요. 평소와 같은 시간에 식사를 준비해서 여느 때처럼 아이를 불렀어요.

"수아야, 밥 먹자. 이리 와."
"엄마, 왜 화났어?"
"응? 아닌데?"
"왜 아니야? 엄마 눈이랑 목소리가 화났는데?"

딸아이가 여섯 살이 되었을 때였죠. 제 마음을 감추는 게 아무 의미가 없다는 걸 그때 깨달았어요. 말하지 않아도 내 감정을 고

좋은 엄마 콤플렉스

스란히 느끼는 아이 앞에서 네가 잘못 느낀 거라고 거짓말할 수 없었어요.

그날 결심했어요. 좋은 어른이 되어야겠다고요. 아이를 위해서라도 배울 건 배워서 나부터 자라야겠다고요. 무엇보다, 진실한 마음으로 아이를 대해야겠다고요.

'아직 어린데 뭘 알겠어?'라는 생각으로 아이를 대할 때가 많았어요. 말하지 않으면 모를 거라 생각했고, 더더군다나 어른들 세계의 복잡한 생각들은 설명을 해도 이해할 수 없을 거라 생각했어요. 그런데 곰곰이 떠올려 보니 제가 어렸을 때, 그러니까 딱 요만한 나이쯤에 저도 그랬더라고요. 어른들의 미묘한 표정 변화로 분위기를 파악하고, 눈치 보며 행동을 바꾸기도 하고, 안심하거나 불안해하기도 하고 말예요.

분명 엄마, 아빠가 다투고 있는데, "어른들끼리 얘기하고 있으니까 방해하지 말고 들어가 있어." 하시는 거예요. 서로의 언성이 높아지고 안색은 붉으락푸르락하고 분위기는 험악해져서 불안한데, 아이 혼자 어떻게 빈방에 들어가 있나요. 공간의 분리가 단절로 여겨지는 어린아이에겐 보호자 없이 혼자 방에 있는 게 얼마나 공포스러운 일인데요. 이러지도 저러지도 못해 쭈뼛거리고 있으면 불똥이 제게 튀는 거죠. 그러면 혼나는 게 더 무서우니까, 빈 방으로 들어가는 수밖에 없어요. 그러면서 생각했어요.

'거짓말! 엄마 아빠는 거짓말하는 게 세상에서 제일 나쁘다고 해 놓고 나한테 거짓말하잖아. 싸우면서 안 싸운다고 하면 거짓말이잖아!'

아이가 타인의 감정에 공감할 수 있는 건, 만 3세부터라고 해요. 그러니까 만 3세부터는 자신의 감정뿐 아니라 타인의 감정도 느낄 수 있고, 상대가 나와 다른 감정을 느낀다는 걸 이해하는 것을 넘어 공감할 수 있다는 거예요.

아이가 '아무것도 모를 거라'고 생각해서 어른 입장에서 대충 설명하거나, 좋은 일이 아니니까 아이를 배려하는 차원에서 굳이 설명하지 않고 넘어가려 했던 일이 꽤 많았던 것 같아요. 하지만 모든 상황을 보고 느끼고 있는 아이로서는 이 어설픈 배려가 '숨김'이나 '거짓'으로 받아들여질 수 있어요. 부모의 의도와 다르게 아이들은 '속았다'고 느낄 수 있지요.

아이에게 솔직하게 얘기해 주는 게 좋아요. 아이를 배려하고 있다는 걸 충분히 설명해 주거나, 엄마가 느끼고 있는 감정 그대로를 말해 주는 것으로 아이는 안정감을 느끼고 사람을 배우게 될 테니까요. 어른이 되어도 화나고 속상할 때가 있고, 어른들끼리도 생각이 다르고 다툴 때가 있고, 그러다가 다시 화해하고 회복되기도 하지요. 사람이라면 누구나 기쁘고 즐거울 때가 있고, 울고 싶고 화가 날 때가 있고, 누군가가 미울 때가 있고요. 아이에게도 가르쳐 주세요. 어떤 감정도 '틀린' 것은 없고, 감정을 나누는 건 나약한 것도, 잘못된 것도 아니라는 걸 말이에요.

"응, 맞아. 수아 어떻게 알았어? 엄마가 오늘 아빠랑 다퉈서 지금 마음이 안 좋아. 그래서 엄마 목소리랑 눈빛이 화가 난 것처럼 느껴지나 봐. 속상하면 기쁜 마음이 작아지잖아. 그런데 엄마가 수아한테 화나거나 수아가 미운 건 아니야. 그냥 엄마 마음이 안 좋아서 그런 것뿐이야."

"응. 그럴 땐 조금 있으면 괜찮아질 거야. 힘내. 다 괜찮아지면 말해."

코끝이 찡했어요. 마치 뭘 다 알고 절 위로해 준 것 같아서요. 아이가 '기다림'에 대해 이해를 하고 있었던 걸까요? 엄마를 '기다려 줘야겠다.'고 생각했던 걸까요? 그건 모르겠어요. 하지만 누구에게나 화날 때가 있고 누군가와 다툴 때가 있다는 것, 그리고 나면 마음이 쓰다는 것, 그 쓴 마음이 가라앉고 회복될 때까지는 시간이 필요하다는 것, 그건 확실히 알고 있는 것 같았어요.

좋은 엄마 콤플렉스

07

다른 집 아이처럼 2

아이는 자라서 학교에 갔어요. 입학 통지서를 받던 날은 왜 그리 뭉클하고 울컥하던지. 아이가 갑자기 다 큰 애로 보였다가 갓난아기로 보였다가 하는 통에 종일 정신이 없더라고요.

아이가 초등학교에 입학을 하니 또 다른 세계가 펼쳐졌어요. 몰랐던 세상의 이야기들이 시작된 거죠. "예체능 과목은 저학년 땐 한두 가지씩 필수로 해야 하고, 영어는 빠를수록 좋다더라.", "저 동네 그 학원은 입학 전부터 대기까지 있다더라…" 그런 얘기를 들을 때면, '꼭 해야만 할 것 같다.'라는 생각이 깊은 곳에서부터 솟구쳤고, 그 생각은 거의 항상 실행됐어요. 예전 그 '대박 책'처럼요. 그러면서 제 마음은 누가 물어보지도 않은 질문에 대답인지 해명인지 모를 답을 하고 있는 거예요.

'○○이네 집 애보다는 적게 시키는 거야. 할 수만 있다면 다 시키고 싶지만, 난 정말 꼭 필요한 것만 고르고 골라서 시키는 거라고.'

다른 집 얘기에 그토록 귀를 기울이고 궁금해하면서, 다른 집처럼은 안 하고 있다며 위안 삼고 있는, 참으로 아이러니한 상황이었죠.

아이의 일상은 단순하게 반복됐어요. 학교 갔다, 학원 갔다 돌아오면 숙제하다가 밥 먹고 숙제하다가 씻고 자는 루틴. 또래보다 머리 하나 이상은 작은 딸이, 학교 갔다가 학원 갔다가, 매일 저녁 어슴푸레할 때에야 집에 들어왔어요.

그러던 어느 날 저녁, 으레 하던 말로 대화를 시도했어요.

"오늘 별일 없었어?"

사실 마음이 급했어요. 속마음은 '빨리 밥 먹고, 빨리 숙제 끝내고, 얼른 씻고 잤으면.' 했거든요. 저녁 시간은 늘 피곤하고 엄마에게 특히나 느리게 가는 시간이잖아요. 그렇지만 다정한 엄마이고 싶고 침묵 속에서 밥 먹이기는 싫으니까 그런 속마음은 감추고 그저 피상적인 질문을 던졌던 거예요. 그냥 안부 인사 같은 거요. 아이들의 대답도 으레 그렇듯, "네." 그게 전부였어요. 그저 평소와 같은 짧은 대화였어요. 그런데 그날, 이상한 기분이 들었어요.

'아이들이 무슨 일을 겪고 있고 어떤 생각을 하면서 사는지 모르겠다. 내가 벌써 이 아이들을 이렇게 몰라도 되나.' 하는 생각이 몰려들더라고요. 위기감이었어요. 그렇게 어느 날 갑자기 들이닥친 생각은 한동안 떠나지 않았어요.

그러고 보니 조그맣고 마른 제 딸은 언젠가부터 잘 웃지 않고 더 예민하고 까칠해졌으며, 유아기 때 있던 야경증*이 도져 잠도 잘 못 자고 있었어요.

---

* 주로 2~6세의 소아기에 발생하는 수면장애로, 발병률은 1~6% 정도이다. 렘수면 2~3단계에서 극심한 불안과 공포를 느끼며 잠에서 깨는 증상으로, 식은땀을 흘리거나 비명을 지르거나 몸을 크게 휘두르거나 일어나 움직이기도 한다. 증상이 매우 심한 경우 약물치료를 하기도 하지만 대부분 청소년기 이전에 자연적으로 해소된다.

'아이 스스로도 모르는 어떤 시그널을 보내고 있는 걸까?'

아이는 학교를 좋아했어요. 친구들도 좋고, 선생님도 좋고, 종소리에 맞춰 무언가를 시작하고 끝내고 배우고 활동하는 그 시스템 자체도 좋다고 했어요. 날마다 예측할 수 없는 새로운 일들이 벌어지는 게 재밌다고 하며, 주말이면 월요일이 기다려진다고 했지요. 그런데 제 속의 불편한 마음은 가시지 않는 거예요.

그제야 생각하기 시작했어요. 이 어린아이에게, 아침에 나가 오후 늦게 들어오는 공부가 필요할까? 맞는 걸까? 아니, 이게 교육일까? 교육이 뭘까? 나는 어떤 교육을 하고 싶은가?

사전을 찾아봤어요.

교육(敎·가르칠 교, 育·기를 육)

(명사) 지식과 기술 따위를 가르치며 인격을 길러 줌.

· 유의어   가르침   교수   교양
· 파생어   교육-되다   교육-적   교육-하다

---

education

라틴어 *ex ducere*

- ex   밖
- duco 이끌기 위해(*to lead*)

교육이란 단어는 '가르칠 교, 기를 육'의 한자어를 사용한 말로, '지식과 기술 따위를 가르치며 인격을 길러 줌.'이라는 사전적 의미를 갖고 있었어요. 또 영어로 education은 라틴어 어원을 갖고 있다고 해요. 어원적 의미로 정의를 내려 보자면 '(누군가를 가르쳐) 밖으로 이끌어 내다.'인 거예요.

그러니까 교육이란, 아이를 가르치고 길러내는 것. 또 교육이란 단순한 지식 전달이 아닌, 아이의 잠재력과 깨달음을 밖으로 이끌어 내는 것. 정말 정확한 의미다 싶었어요. 어떤 사람으로, 어떻게 세상을 살아가야 할지 깨닫도록 가르치고, 아이의 몸도 마음도 생각도 지식도 인격도 길러 내며, 아이가 잠재력을 발휘하며 살아갈 수 있도록 이끌어 내는 것.

좋은 엄마 콤플렉스

지금 내가 맞다고 생각하는 대로 아이를 가르치고 있는지 자문해 봤어요. 저는 지식을 쌓는 것이 공부라고, 그것을 위해 하루를 사는 것이라고, 그래야 성공한다고, 제 모든 말과 행동으로 아이를 가르치고 있었어요. 네가 어떤 사람인지, 어떤 생각으로 세상을 살아가야 하는지, 마음과 인격은 어떻게 자랄 수 있는지, 정말 중요한 알맹이는 쏙 빼고 말이죠.

'지금 내가 아이에게 온몸으로 가르치고 있는 게 뭐야? 숨 막히게 몰아붙였던 엄마와 지금의 내가 다른 게 뭐야, 대체?'

08

내가 너보다 어른이거든?

육아하면서 힘든 시간을 버텨 보려고 희망 회로를 돌리며 로망을 키웠어요. 제가 워낙 일찍 엄마가 됐잖아요. 첫째랑은 딱 스물네 살밖에 차이가 안 나거든요. 아이들이 다 자라서도 함께하고 싶어 하는 '친구 같고 이모 같은 엄마', 이게 제 로망이었어요. 엄하고 무심한 부모님이 싫었기 때문에 더 꿈꿨던 것 같아요.

다정하고 살가운 엄마가 되고 싶었어요. 그래서 마음에 민감하고 공감 능력이 뛰어난 제 특장점을 잘 살려서, 무엇보다 아이의 마음 돌보는 것에 집중했어요. 아이의 감정이나 생각의 변화를 섬세하게 알아채서, 아무리 사소해 보이는 일이라 해도 아이의 입장에서 불편할 감정이라면 '아무것도 아닌 일'로 치부하지 않고 아이 시각과 수준에서의 건강한 길을 가르쳐 주려고 애쓰면서요.

제가 받고 싶던 사랑을 제 아이들에게 주고 싶다는 마음이었어요. '마음만은' 진심이었고 간절했어요. 하지만 아무리 내 새끼지만 정말 해도 해도 너무 한다 싶을 때도 많았어요. 아니, 내 새끼니까 참을 수 있다는 표현이 더 맞으려나요. 아이의 말도 안 되는 짜증이나 고집, 제 체력의 한계를 넘어선 어느 지점에서는 좋은 마음이 전혀 나오지 않는 때도 많았어요. 몸이 부르르 떨리게 화가 나기도 했고, 그럴 땐 입술을 꽉 깨물어 분을 삭여야 할 만큼 힘들기도 했어요. 그런데 그보다 힘든 건, 돌아서서 생각해 보면 그리 크게 화날 일도 아닌데, 하찮은 일로 미친 듯이 분노를 내뿜고 있는 나 자신을 볼 때였어요. 그때엔 '난 역시 엄마, 아빠 닮아서 어쩔 수 없는 건가.' 하는 자괴감에 더 괴로웠거든요.

✦　✦　✦

"아, 진짜 다 짜증나! 정말 다 싫어 죽겠어!"
"우당탕탕쿵탕쿵!(책을 내려놓으며 주먹으로 책상을 마구 치는 소리)"

딸이 초등학교 4학년 때 일이에요. 어느 날 갑자기 시작된 아이의 짜증이 감당할 수 없을 만큼인 거예요. 언젠가 선배 엄마들에게 들었던 '사춘기 전조 증상'이라는 말이 떠올랐어요. 신체의 2차 성징은 아직 나타나지 않는데, 감정의 등락 폭이 널을 뛰는 시기를 그리 말한다고 했어요. 그 얘기를 들을 때만 해도 '정서에도 2차 성징이 있나 보다.' 생각했어요. 그런데 유순하던 내 아이가 하루아침에 사나워지는 그걸 막상 제 눈으로 보니, 걱정도 되고 솔직히 당혹스럽기까지 하더라고요.

아이들이 아는지 모르겠어요. 엄마들이 당황하거나 불안하면 화를 낸다는 거요. 그날 저도 그랬어요. 처음 본 아이의 모습에 어찌할 바를 모르겠더라고요. 그리고 이대로 그냥 두면 안 되겠다는 생각부터 들었어요. 지금 가만히 넘어가면 영원히 이렇게 짜증 내고 대들고 소리치는 버릇 나쁜 아이가 될 것 같은 불안함이 확 들어서요.

"뭐? 조수아, 이리 와! 너 방금 뭐라고 했어? 그게 지금 무슨 태도야?"
"왜! 짜증 나서 짜증 난다고 했는데?"

왜, 아이들이 어릴 땐 '현장' 발견 즉시 훈육하는 게 효과적이잖아요. 그날 그 순간, 저에게서 아이가 어릴 때의 그 습관이 나오더라고요. 엄마는 아이를 어릴 때와 똑같이 대하고 있는데, 아이는 더 이상 그때의 아이가 아니었어요. 엄마가 다그치는 소리에도 눈 하나 깜빡 않고 쏘아붙이는 눈빛과 엄마보다 더 큰 목소리로 덤벼들 듯 대꾸하는 아이의 목소리. 당황스러웠어요. 아이의 원인 모를 과한 감정 폭발에 같이 동요가 되니 괘씸한 마음도 들었고요.

'쪼그만 게 다 컸다고 따박따박 말대꾸하는 거 봐라? 어디서 이렇게 예의 없게 굴어?'

내적 갈등이 찾아왔어요. 그래도 아직은 어리니까 반항기 보이기 시작할 때 초장에 휘어잡아 버리는 게 훗날 더 큰 뒤탈을 막을 수 있지 않을까. 아니면 이번은 처음이니까 넘어갈까.

'이걸 가만둬, 말어?'

그날 밤, 식구들이 모두 잠든 뒤 거실로 나와 앉았어요. 낮에 딸과 나눈 고성의 대화가 계속 맴돌더라고요. 사실 아이는 본인의 감정을 얘기한 거였어요. 좀 격하긴 했지만요. 저는, 아이의 격한 표현과 과하게 실린 감정이 불편했던 거고요. 맞아요. 전에 본 적 없는 아이의 과격한 감정 표현이 불편했어요. 낯설고 보기 싫으니까 당혹스런 마음에 본능적으로 그걸 '누르려고' 했던 거예요. 나에게 어른이고, 엄마라는 권위가 있으니까요.

창피하다는 생각이 들었어요. 대체 난 아이에게 얼마큼의 성숙함을 기대했던 걸까. 어떤 차분함과 젠틀함을 요구하고 있는 걸까. 어른이 아이의 짜증 하나 받아 주지 못해서, 그 감정에 똑같이 동요하고 대거리하며 싸운 꼴이라니. 어른이라는 이유로, 훈육이라는 이름으로 아이의 감정을 억누르는 폭력을 휘두르려고 했구나. 감정이 폭발적으로 발달하고 풍부해지는 시기라는 이해를 갖고, 그걸 스스로 주체할 수 없는 아이를 좀 더 여유 있게 받아 줬더라면, 아이는 깊은 안정감을 느낄 수 있었을 텐데.

오늘의 이 부끄러움을 잘 기억하고 있다가, 다음에 비슷한 일이 생긴다면 그땐 내가 아이를 여유 있게 잘 받아 줄 수 있을까 생각해 보니 여전히 자신 없더라고요. 아이의 그 뾰족한 눈빛과 날카로운 말, 서늘한 감정을 또다시 마주친다면… 도저히 익숙해질 수 없을 것 같아요. 그것들이 내 아이에게서 나온 것이라고 받아들이기 싫고, 내 아이가 나를 향해 쏘아붙이고 있는 거라고 인정하기가 싫어서 괜히 서글픈 마음마저 들고요.

아, 바로 이거였어요. 아이의 감정 폭발에 그토록 당황스럽고 불안하고 화가 났던 건, 이 아이가 '내 아이'였기 때문이에요. 저는 아이의 감정 폭발을 보고 '당황'했던 거예요. 지금까지 내 아이에게서 본 적 없던 모습이라 낯설고 어색해서요. 또 아이의 격한 감성이 영원히 지속될까 봐 '불안'했어요. 그 폭발의 방향이 날 향해 있었기 때문에, 꽤 공격적이었던 그 느낌에 대항하려고 본능적으로 '화'가 났던 거고요. 아이 앞에 서면 엄마는 초인적인 힘과 사랑이 솟아나는 존재가 되기도 하지만, 또 한 사람의 인간이기도 하여 내가 사랑하는 존재의 거친 반응에는 상처받고 아프기도 해요. 그게 나의 아이라고 해도 말예요.

그러니까 이건 아이를 휘어잡느냐 마느냐를 결정할 문제이거나 아이의 태도를 논할 문제가 아니라, 아이가 나에 대해 왜 공격적인 마음을 갖게 되었는지 알아봐야 할 문제인 거예요. 또 그런 거친 표현 방식은 엄마인 나에게도 아픔이 될 수 있다는 걸 아이

좋은 엄마 콤플렉스

에게 잘 알려 줄 필요가 있는 문제인 거고요. 그리고, 아이에게 전해 줘야 해요. 엄마는 너의 성장을 격려하고 있다는 것과 네가 힘들 때 곁에 있는 사람이라는 것, 그리고 엄마는 여전히 널 사랑하고 있다는 걸요.

"그런데 수아야, 이번 일을 계기로 엄마가 부탁하고 싶은 게 하나 있어. 앞으로 엄마, 아빠한테 존댓말을 써 줄 수 있을까? 엄마가 너보다 어른이고, 네 엄마라는 걸 기억하는 데 아주 큰 도움이 될 것 같아."

높임말은 왠지 거리감이 느껴져서 싫다고 했던 건 엄마인 저였어요. 친구 같은 엄마가 되고 싶다고 하면서 말예요. 그런데 친구 같은 엄마 하려다가, 정말 맞먹겠다 싶은 순간이 오니까 돌겠더라고요. 이 일을 겪으면서 저는 '친구 같은 엄마'와 동의어를 찾았어요. '친구 같은 딸', '딸 같은 며느리', '가족 같은 회사'. 모두가 꿈꾸는 이상이라 할 수 있으나, 모두가 만족할 만큼 이뤄질 순 없는 것. 그러니 그것을 이루기 위해서 너무 부단히 애쓸 필요도, 이뤄지지 않았다고 실망할 필요도 없는 것. 한계의 인정과 타협이 필요한 것.

인상을 쓰고, 목소리를 높이고, 눈을 흘기고, 큰 소리 내며 쿵쾅거려도, 존댓말로 화내는 아이의 짜증은 '투정'으로 보이더라고요. 아이의 짜증에, 더 심한 짜증과 괘씸함까지 더해져 아이의 감정에 같이 휩쓸리고 동요되는 유치한 '어른이' 엄마에게는, 아이의 높임말이 특효약이었어요.

09

"때 되면 다 한다"라는
그 흔해 빠진 말 말고요

아이를 키우면서 여전히 가장 힘든 것은 해 본 적 없는 것을, 성해진 답도 없이 해야만 한다는 거예요. 정말 그래요. 예측할 수도 없고, 통제할 수도 없는 일. '지도'라 할 만한 여러 조언과 책들이 있지만, 축척이 나와 안 맞거나 길이라고 해서 따라갔는데 막다른 길에 다다른 느낌 같을 때 더욱 어려워요.

첫 아이가 젖을 뗄 무렵, 눈이 빨개지도록 인터넷을 보고 책을 찾았어요. 아이가 평생 젖을 못 뗄까 봐 걱정돼서요. 아이가 기저귀를 뗄 때가 됐을 때에도 그랬어요. 계속 배변 실수를 할 때도 그랬고, 아이 말이 좀 더딜 때도 그랬고요.

할머니들의 "때 되면 다 한다."라는 말은 너무 주먹구구 같아서 싫었어요. 그 '때'가 내 아이에게만은 올 기미가 안 보이고, 문제 상황처럼 보이는 그 하루하루가 이대로 지속될 것 같아서 불안했 거든요. 이렇게 넋 놓고 가만히만 있다가 내가 아이를 망칠까 봐 두려웠어요. 하지만 정말 솔직히 말하자면요, 아이 때문에 내 인 생이 망쳐질까 봐 두려웠던 거예요.

우리 첫째는 말이 참 빠른 아이였어요. 그런데 걸음은 늦었어 요. 엄지공주(엄마 껌딱지라, 제가 그렇게 불렀어요.)라서 자주 안겨 있기 도 한데다가, 겁이 많아서 뭔가 잡고 일어서는 데까지도 한참 걸 렸었는데, 도무지 걸음을 뗄 생각을 안 하는 거예요. 아이의 양손 을 잡고 "걸음마, 걸음마." 하며 연습도 시켜 봤죠. 하지만 그때뿐 이었어요. 다들 걷는다는 개월 수를 한참 넘어서니, 덜컥 겁이 나 더라고요. '아이가 평생 못 걸으면 어쩌지?'

둘째는 몸이 빨랐는데, 말이 늦됐어요. 말이 빠른 누나 덕에 말 을 빨리 배우겠거니 했는데, 오산이었어요. 말이 빠른 누나가 있 으니 오히려 둘째는 말할 필요가 없는 상황이 돼 버리더라고요. "응.", "아니."만 할 줄 알면 웬만한 의사소통이 가능하니까요. 또 우리 둘째는 말로 무언가를 표현하기보다 직접 몸을 움직이는 게 더 편하고 빠르니까, 뭔가가 필요해도 보채지 않고 스스로 가지러 가더라고요. 그러다 보니 말 배우는 데에는 영 속도가 나지 않았어요. 낯선 상황에선 더 입을 꾹 닫으니 제대로 된 검진을 받을 수도 없어서, 많이 걱정했어요. '이대로 둬도 되는 건가. 언어 발달에 문제가 있는 건 아닐까. 치료 시기를 놓쳐서 잘못되면 어쩌지?'

셋째는 모든 게 다 빨랐어요. 호기심이 왕성하고 행동이 빠르니 엄마가 미처 따라갈 수 없어서 생기는 '사고'들이 잦았지요. 무언가 느린 것만 걱정해 봤지, 빠른 걸 걱정할 줄은 몰랐어요. 보행기를 타다가 바닥으로 떨어지는 사고도 있었어요. 걷지도 못하는 아기가 보행기에서 바닥으로 추락하는 게 대체, 가능한 이야기인가요? 갓 돌 지났을 무렵엔, 제가 베란다에서 잠깐 빨래를 널고 있는 사이, 그 작은 아이가 까치발을 들고 현관문을 열었던 모양이에요. 그리고 엘리베이터 버튼을 눌러 타고, 누군가 호출한 1층으로 내려갔어요. 한겨울에, 내복 바람에, 맨발로요! 이외에도 다 나열할 수 없는 일들이 아주 많았답니다. 정말 심각하게 걱정됐어요. '이 아이를 내가 놓치기라도 하면 어쩌지? 내 부주의나 한 순간의 실수로 무슨 사고라도 나면 어쩌지?'

"때 되면 다 한다."는 어른들의 말씀은 "걱정하지 말아라."는 말씀 같아요. 하지만 아이 키우는 엄마의 마음이 어디 그런가요. 매일 매사가 걱정이고 불안이고 두려움인걸요. 육아를 잘해 내고 싶고 잘하려고 하면 할수록 무엇과 비교해서 얼마나 잘하는 것인지 기준이 필요했어요. 그러다 보니 남들의 시선과 말들을 자꾸 의식했지요. 빠르면 빨라서 느리면 느려서 불안하고, 남들만큼 못 해낼까 봐 두려웠어요. 당연히 아이가 자랄수록 부담감이나 압박감은 더 막중해졌지요. 그렇게 육아를 하는 동안 제 인생의 모토는 두 가지 사자성어로 함축됐던 것 같아요. 노심초사*와 일희일비**.

아이였던 제가 어느새 자라 나이를 먹어 가며 어른이 됐어요. 하지만 사실은 어른스럽지 않다는 걸 들킬까 봐 조마조마할 때가 한두 번이 아니에요. 내 몸, 내 마음 하나 건사하는 게 여전히 제일 어려운걸요. 한 생명을 책임지고 있다는 게 많이 겁났던 이유예요. 그래서 "때 되면 다 하겠지."라는 그 여유로움이 좀처럼 안 생기나 봐요. 살아온 시간을 되돌아보면, 그 말이 맞는 말 같긴 한데 말예요.

* 勞心焦思: 몹시 마음을 쓰며 애를 태움.
** 一喜一悲: 한편으로 기뻤다가 한편으로 슬픔. 한마디로 마음이 오락가락함.

10

아이가 태 속의 일을
기억하는 걸까요?

첫째를 임신했을 때 입덧으로 정말 고생했어요. 아주 간간히 과일이나 샐러드 정도만 먹고 싶더라고요. 그리고 전 딸을 낳았죠. 둘째 임신 때에도 힘들었지만 첫째 때에 비하면 상대적으로 수월했어요. 그리고 둘째 때엔 고기가 그렇게 당기더라고요. 낳아 보니 아들이었고요. 어른들 말씀이, 아이를 낳을수록 임신도 수월해지고 애 낳는 것도 쉬워진다고 하시더라고요. 아이들 기질도 막내로 내려갈수록 순해진다고 하시고요. 그래서 셋째 임신을 알게 됐을 때 내심 안심을 했어요. 둘째를 조금은 수월하다는 느낌으로 키우고 있으니, 셋째도 잘 감당할 수 있겠다는 자신에 차 있었지요. 그런데, 셋째 입덧을 첫째 때처럼 하는 거예요! 음식점 간판을 보거나 음식 이름만 들어도, 배달 오토바이 소리를 듣기만 해도 구역질이 나고, 도통 음식을 입에 대지 못하겠는, 가끔 겨우 과일이나 샐러드가 먹고 싶어지는 정도의 극심한 입덧. '셋째는 딸이구나!' 확신했어요.

태명을 '안나'로 지어 부르며 태교를 했어요.

"안나야, 이 꽃들 이쁘지? 얘는 이름이 뭘까? 꽃잎마다 색깔이 다 다르네. 너무 신기하다."
"안나야, 저 하늘 좀 봐. 구름이 어쩜 저렇게 이쁠까."
"안나야, 오늘은 노을이 참 예뻐. 엄마는 노을이 참 좋더라."

그 시기에 유독 자연의 색감이 아름답게 느껴지더라고요. 그래서 배를 쓰다듬으며 '나의 사랑스런 딸'에게도 이 경탄을 전해 주었지요. 그런데, 산부인과 정기검진에서 아이 성별을 알려 주던 날, 남편과 저는 소스라치게 놀랐답니다.

"셋째, 아들이네요! 축하드립니다."

뭘 믿고 그렇게 자신 있게 딸이라고 확신했을까요. 머쓱해진 우리 부부는 그 길로 '우리 아들'을 은성이라는 이름으로 지어 부르기 시작했어요. 그런데 놀라운 이야기는 지금부터예요! 저희 남편은 조 씨이고요. 이 이야기는 우리 막내가 여섯 살 때 이야기예요. 무더운 여름, 아이스크림 한 통을 사서 온 식구가 둘러앉아 나눠 먹고 있었어요. 황금빛 통 한가운데 초코색의 커다란 글씨로 '조안나'라고 써 있는 아이스크림이요. 아이에게 자연스럽게 한글을 익히게 해 볼까 싶어서 손가락으로 한 글자씩 가리키며 말했어요.

"은성아, 이게 '조. 안. 나'야."

그랬더니 아이가 하는 말.

"엄마, 안나는 내 이름이잖아."

순간, 남편과 눈이 마주쳤어요. 얼마나 놀랐는지 몰라요. 우리 부부는 셋째의 성별을 확인한 그날 이후 '안나'라는 이름을 부른 적이 없거든요.

"뭐라고? 은성아, 안나가 누구 이름이라고?"

"안나는 나 애기 때 이름이잖아."

"은성이는 은성이잖아. 안나는 누구한테 들었어?"

"음… 몰라. 근데 안나도 내 이름인데."

적절한 표현인지 모르겠지만, 정말 '소름'이었어요. 그 이듬해에 아이에게 다시 물어봤을 때에는 기억이 안 난다고 했지만 신비스러운 일이었어요. 태어나서 몇 년 동안은 태 속의 일을 기억하는 걸까요? 그러다가 자라면서 그때의 기억은 잊히는 걸까요? 정확한 답은 영원히 알 수 없겠죠?

태교의 '내용'이 아이의 기억 속에 얼마나 오래 저장되는지는 잘 모르겠지만, 태교가 태아의 정서와 무의식에 막대한 영향을 미친다는 연구 결과가 많아요. 특히 태아는 엄마와 탯줄로 연결된 그 순간부터 엄마의 심리 상태를 느낀다고 하지요. 그래서 가장 좋은 태교는 엄마 마음이 편안한 것이라고 해요. 아름다운 자연, 좋은 음악, 예쁜 그림을 감상하고, 맛있는 음식을 먹고, 기분 좋은 생각을 하고, 사랑하는 사람과 따뜻한 시간을 가지며 안정적인 정서를 유지하는 게 태교에, 태아에게 가장 좋은 거래요.

좋은 엄마 콤플렉스

요즘엔 공부 태교를 하는 엄마들도 있대요. 그 이유와 염원이 무엇이든 태에서부터 아이에게 좋은 것을 주고자 하는 마음이겠지요. 공부 태교 얘기를 처음 접했을 때 저는 '오, 신박한 생각이다! 나도 공부로 태교할 걸 그랬나?' 하는 생각을 아주 잠깐 했어요. 그리고 이내 아이에게 공부 태교라는 것을 할 때 엄마인 저의 마음, 감정이 어떠할지, 저의 어떤 정서가 아이에게 전해지고 흘러갈지를 생각해 봤어요.

'아가야, 엄마는 네가 공부를 잘하는 아이가 되길 바라.'
'아가야, 엄마가 잘했던 과목을 너도 잘했으면 좋겠어.'
'아가야, 이 과목은 잘 알아두는 게 좋을 거야.'

전 이런 마음으로 할 것 같더라고요. 아찔했어요. 제가 배 속의 아이라면, 태어나기도 전에 엄마 만나기가 부담스럽고 세상이 무서울 것 같더라고요.

아이가 배 속에 있을 때 예쁜 말을 해 주길 잘했다는 생각을 했어요. 그리고 한편 아쉬운 마음도 들었어요. 더 좋은 말을, 더 많이 들려줄걸… 싶어서요. 아이가 태어난 후 얼마간은 태 속의 일을 기억하고, 또 시간이 지나 기억은 못 하더라도 무의식 저편에 어느 형태의 정서로 남아 있게 된다는 걸 제가 더 빨리 알았더라면, 앞으로 아이가 인생을 살아가면서 힘든 일을 만날 때 넘어지더라도 아예 무너지지는 않을, 저력이 될 수 있는 말을 매 순간 더욱 듬뿍 해 줬을 것 같아요.

"네가 나의 아기로 와 줘서 너무 기쁘단다. 너를 잉태한 순간부터 이미 너를 가장 많이 사랑한단다. 있는 네 모습 그대로의 너를 사랑해. 넌 엄마의 하나뿐인 소중한 아기야."

아 참, 신기하게도 우리 셋째는 지금도 세 아이 중 유독 꽃과 하늘과 노을을 좋아한답니다.

좋은 엄마 콤플렉스

chapter 3

좋은 엄마 가면을 벗고

01

암기라 쓰고
사랑이라 읽는

아이들을 키우며 꽤 오랜 고민의 시간을 거쳐 '학교를 끊고' 홈
스쿨링을 시작했어요. 쉽지 않을 거라 예상했지만, 세 아이와 온
종일 지지고 볶는 일상은 생각했던 것보다 훨씬 더 힘들고 지치
는 하루하루의 반복이었어요. 돌아서면 '아무 일 없던 것처럼' 되
어 있는 집안일의 반복도 당연히 벅찼지만, 가장 괴로웠던 건 아
이들의 다툼이었죠. 아이들은 마치 싸우기 위해 일어나는 것처럼
아침 눈 뜨면서부터 종일 다퉈댔어요. 그즈음 전 잠도 잘 못 잤어
요. 제가 홈스쿨링이라는 잘못된 선택을 해서 모두가 괴로운 시
간을 보내고 있는 건 아닌가 걱정돼서요. 이렇게 만날 고함이나
뱉으려고 선택한 건 아니었는데, 어떻게 하나 막막했어요.

　그러던 어느 날, 참다 참다 제대로 폭발했어요. 대체 왜들 그렇

게 싸우냐고, 형제끼리 그래서 되겠냐고, 동생 하나 제대로 못 데리고 노냐고. 그날 밤도 꼴딱 지새웠어요. 자괴감에 너무나 괴로웠거든요.

'홈스쿨은 무슨. 애들이나 어른이나 눈만 마주치면 으르렁대는데 같은 공간에서 공존이나 할 수 있는 걸까.'

아이들 다투는 게 왜 이렇게 힘들까. 애들끼리 다투는 소리 듣는 것 자체도 고통이지만, 중재하는 과정에서 에너지 쓰는 게 너무 지치는 일이었어요. 아이들 각자의 얘기를 깊이 듣고 화해를 시켜도 그 순간뿐. 금세 또 다른 다툼이 이어졌거든요. 그런데 그보다, 끊이지 않는 다툼을 보고 듣는 마음 자체가 괴로웠던 것 같아요. 아이들은 눈만 마주치면 싸움거리밖에 생각이 안 날 만큼 서로를 미워하고 있는 걸까. 대체 어쩌다 이렇게 됐나. 제 고민을 듣던 남편이 여우와 두루미 얘기를 하는 거예요. 서로 다른 우리만큼 아이들도 너무 달라서 그런 거 아니겠냐고 하면서요. 맞는 말이었어요.

이솝 우화의 여우와 두루미 이야기. 어린 저에게 이 이야기는 조금 슬펐어요. 이해가 안 되는 부분도 많았고요. 먼저 초대를 했던 게 여우였던가 두루미였던가. 여하튼 자기 공간으로 누군가를 초대를 했다는 건, 분명 선의이고 호의였을 거라고 생각했어요. 의도적으로 상대를 곤란하게 하려고 초대하고 음식을 대접하는 집주인은 없을 테니까요. 자기 집엔 본인이 쓰기 편한 식기가 있는 게 당연한 일일 테고요. 손님에게 맞지 않는 그릇을 내어 준 걸 보고 불쾌해진 마음으로 잔뜩 꼬여 버려서 똑같이 앙갚음해 주는 대신, 먼저 초대해 준 그의 선의와 미숙함을 헤아려 줄 수 있는 아량으로 응해 줬다면 여우와 두루미의 관계는 어떻게 됐을까요. 다음번엔 자신의 집으로 그를 초대해, 그에게 맞는 식기와 더불어 자신의 식기를 보여 주면서, "사실 나는 입 모양이 이렇게 생겨서 이런 그릇이어야 먹기 편해."라고 부드럽게 얘기해 줬더라면 그 둘은 더 친해질 수 있었을 텐데 하고 생각했었거든요.

'우리 아이들이 여우와 두루미였구나. 서로를 모르는 무지가 문제였어. 아, 내가 가르치지 않았구나. 아이들끼리 다투는 문제는 혼날 일이 아니라 배워야 할 일인 거야.'

아이들이 서로를 모르는 건 당연했어요. 아이들은 기억도 안 날 만큼 아주 어릴 때를 제외하고는 이렇게 오랫동안 같이 붙어 있을 기회가 없었거든요. 아이들이 툭하면 다투는 이유는 서로를 모르는 무지 때문이었어요. 서로에 대해 알지 못하니 제대로 된 배려를 할 수 없고, 오해는 점점 쌓여 가고 함께하는 게 힘들어진 거죠. 시간이 필요한 문제였어요. 서로를 알아가고 오해를 풀어 가고 관계를 쌓아 가려면 그만큼의 시간이 쌓여야 하니까요. 그렇다면 다행이에요. 희망이 있는 문제라서요. 어쩌면 우리도 되게 돈독한 '가족'이 될 수도 있을 것 같단 생각이 들었어요. 그날 밤, 아주 오랜만에 푹 잤어요.

전 사람이라는 영역은 '암기' 영역이라고 생각해요. '암기'라고 쓰고 '사랑'이라 읽어요. 한 사람은 그 사람만의 무언가가 있잖아요. 그 사람이 그 사람일 수 있는 고유한 무엇, 누군가가 뜯어고칠 수도 없고, 그래서도 안 되는 그 무엇 말이에요. 그게 나와는 너무 달라서 이해가 안 된다면 그 사람에게 가닿고 싶은 이가 외워야 해요.

원리와 이유를 이해해야 쉬워지는 일도 있지만, 그냥 외우는 게 유일한 방법인 일들도 있잖아요. 원래 그렇게 정해진 것과 내 이해 밖의 일인 건 그냥 외우는 것만이 답이에요. 사람도 그래요. 사람에 관해선 '암기'를 해야 해요. 그래야 그 사람의 있는 모습 그대로를 존중하고 사랑할 수 있어요.

사랑을 하면 기억력이 초인적으로 늘어나는 것 같아요. 별 것을 다 궁금해하고 기억을 할 만큼이요. 사랑하는 사람은 외우고 싶고, 외워져요. 그 사람이 좋아하는 것을 외우고, 싫어하는 것을 외워요. 내가 외운 그 사람이 좋아하는 걸 해 주고 싶고, 내가 외운 그 사람이 싫어하는 걸 하지 않는 배려를 하게 되고…. 그렇게 '암기'하게 되는 것 같아요. 사랑하는 사람은 그렇게 대하는 게 맞아요.

아이들에게 남편과의 연애 스토리를 나눴어요. 도무지 제 상식으로는 이해가 안 되고 저와는 너무 다른 남편을 '암기 과목'으로 대하기로 다짐한 이야기들이에요. 아이들은 눈을 반짝이면서 흥미롭게 들었고, 전 아이들에게 물었어요. 서로 잘 지내고 싶긴 하냐고. 당연히 그렇대요. 관계에 대한 '동의'가 있으면 그것으로 충분해요. 서로의 그 대답만으로 분위기는 눈 녹듯 따뜻해졌어요.

아이들에게 가르쳤어요. 다른 것은 틀린 게 아니라고. 나와 다른 사람이랑 잘 지낼 수 있는 건, 넓은 마음을 가진 사람만 할 수 있는 '위대한 일'이라고. 나와 다른 것을 품을 수 있는 정도만큼 넓어질 거라고. 그러니 나와 다른 것을 인정하는 것은 내가 손해 보는 것이 아니라 내가 훌륭해지는 '나한테도 좋은 일'이라고. 나와 상대는 좋아하는 것과 싫어하는 게 같을 수도 있고 다를 수도 있다고. 상대가 좋아하는 대로 해 줄 수 있으면 너무 좋겠지만 그게 나한테는 힘든 일일 수도 있으니, 그걸 해 주기 힘들면 적어도 싫어하는 걸 안 하는 게 사랑이라고. 상대가 좋아하고 싫어하는 걸 암기하는 게 사랑이라고. 우리 서로 그렇게 사랑하며 살자고.

"은성아, 나는 그런 장난 싫다니까."
"형아, 나 좀 칭찬해 주면 안 돼?"

자신을 알아가고 표현하는 것. 나와 다른 사람을 용납하고 배려하는 것. 살아가며 이보다 더 필요한 사회성이 뭐가 있을까요. 가르침을 받아들여 조금은 편안한 관계가 되어가는 아이들을 보는 게 참 흐뭇했어요.

하지만 이 일을 시작으로 제 속에는 지각 변동 같은 변화가 일어나기 시작했어요. 아이들을 가르치려고 뱉은 말이 오히려 저를 꾸짖는 것 같더라고요. 스스로에게 무언의 강요와 요구를 하면서 버거워하고 있는, 정작 나 자신은 사랑하지 못하고 있는, '좋은 엄마 노릇'에 눈이 가려진 제 자신 말이에요.

02

집안일 시키시려면
용돈을 주시든가요

"나는 '엄마'가 안 맞는 것 같아."

아이를 낳고 밤이면 밤마다 울면서 제가 제일 많이 했던 푸념이에요. 전 아이 키우며 가장 힘들었던 것이 내가 원하는 때에 원하는 만큼 못 자는 것과 끝없는 집안일이었거든요. 특히 집안일은 좀처럼 익숙해지지는 않는데 매일 반복해야만 하니 너무도 버거웠어요. 그런데 홈스쿨링을 하느라 온 식구가 집에 복닥거리고 있으니 제 손이 가야 할 집안일들이 화수분처럼 샘솟더라고요. 끝없이 종종거리며 움직여도 변화라는 게 1도 없는 거예요.

처음엔 '가사도우미 로봇'이라도 되는 마냥 시종 웃는 얼굴로 감당해 보려 했어요. 아이들을 데리고 있는 마당에 집안일이 많다는 이유로 짜증이나 낼 거면 홈스쿨링은 무엇 하러 하나요. 아이들에게 무서운 엄마 얼굴이나 보여 주면서 주눅 들게 하기는 싫었죠. 또 아이들이 이제 훨씬 오래 머물게 된 집, 이왕이면 더 쾌적하고 예쁜 공간에서 지내게 하고 싶었어요.

아이들이 모두 잠든 밤마다 살림 및 인테리어 고수들의 블로그, 인스타를 뒤져 봤어요. "나도 할 수 있어!" 힘 빡 준 마음으로 열심히 쓸고 닦고 꾸몄지요. 며칠 안 가 몸살이 나더라고요. 역시 사람은 기계처럼 모드 전환되는 게 아니고, 살림은 나와 안 맞는 일이라 결론지었어요.

그래도 워낙 완벽주의 성향이 강한 나, '살림 잘하는 좋은 엄마'가 쉽게 포기되지는 않았어요. 몇 번의 몸살을 심하게 앓고 나서야 드디어 선언을 했지요. 홈스쿨링을 시작한 지 6개월쯤 됐을 때였어요.

가족회의를 열었어요.

"할 말이 있어요. 나 이대로는 도저히 못 살겠어요."

좋은 엄마 콤플렉스

식구들이 당황했어요. 아니, 엄마가 가족들 다 모아 놓고 갑자기 못 살겠다고 하면 어쩌란 말인가 다들 눈만 꿈뻑거리고 있었어요.

"우리, 집안일을 좀 나눠서 했으면 좋겠습니다."

바로 아이들의 볼멘소리가 이어졌어요. 다른 집 애들은 집안일 안 하는데 왜 우리만 해야 하냐고, 꼭 해야 한다면 대가로 용돈이라도 달라고.

'나 살려고 그런다!' 목구멍까지 올라오는 말을 삼키고 마음을 가라앉히고 얘기했어요.

"왜 집안일을 '엄마의 일'로 생각하는 거야? 엄마가 힘들어서 도와 달라고 하는 얘기를, '왜 도와야 해요? 도움이 필요하시다면 대가로 용돈이라도 주세요.' 하는 게, 무슨 의미야? 사랑이 맞는 거니? 늘 엄마, 아빠가 하던 일을 같이 조금 나누자고 한 게, 그렇게 억울한 일이야?"

말은 그렇게 했지만 속이 뜨끔했던 건 사실 저 자신이었어요. 체력적, 정신적으로 한계 상황까지 오지 않았더라면 전 전통적인 엄마다움을 끝까지 고수하면서 제가 그리고 있는 '좋은 엄마의 상(像)'을 이루고 싶었을 테니까요. 그리고 '집안일=엄마의 일'처럼 인식하고 있는 가족들의 반응을 보면서 정신이 번쩍 들었어요. 열심히 쓸고 닦는 엄마, 깨끗하고 예쁜 집은 그저 제 머릿속에 둔 저의 기준일 뿐이란 생각이 그제야 들었거든요. 그래서인지 저 말을 뱉고 나서 한편으로는 왠지 오래 묵은 체증이 쑤욱 내려가듯 시원했어요. 좋은 엄마가 되고 싶다는 바람이 어쩌면 저 스스로를 얽매고 있던 걸까요.

'상생 수업'이라는 이름을 붙여 집안일(chore)을 나눠 하기 시작했어요. 각자 사용한 컵 씻기, 먹은 그릇 싱크볼에 담그기, 식사 준비 돕기, 신발 정리하기, 청소기 돌리기, 먼지 닦기, 늘 아침이 힘든 엄마를 위해 아침 식사도 스스로 챙겨 먹기로 했고요. 둘째 하율이는 은성이에게 각종 토스트와 미국식 조식을 만들어 주고, 즐겁게 계란 요리들을 연구했어요. 써니 사이드 업, 오버 이지, 오버 하드, 스크램블 등등. 형이 좀 늦게 일어나는 날엔, 은성이가 시리얼을 찾아 먹고, 밥이어야만 하는 수아는 한식 스타일로 차려 먹기로 했어요. 휴, 정말 살 것 같았어요.

'홈스쿨링 한다면서 아침밥도 안 차려 주는 엄마'라는 자책이 가끔 찾아올 때가 있긴 했어요. 하지만 다행히 아이들은 엄마의 부족함에도 불구하고 각자의 자리에서 배울 것들을 잘 배워 가더라고요. 언제부턴가 집안일을 함께하는 게 당연하고 익숙해졌고, 아이들은 금세 집안일의 '기술'을 익혔어요. 수아는 어느 순간부터 밥물을 저보다 더 균일하게 잘 맞춰서 '밥 잘 짓는 예쁜 누나'가 됐고, 하율이는 샤워하러 들어가며 욕실 청소 도구를 챙겨 들어가 후딱 청소하고 스퀴지로 물기를 닦아 내는 '프로 살림꾼'이 됐어요. 은성이는 식사 준비할 때마다 곁에 와서 필요한 식재료와 양념들을 꺼내 주고 수저를 놓아 주는 '똑 부러지는 보조 셰프'가 됐고요.

아이들은 한 집을 꾸리는 데에 많은 수고가 필요하다는 걸 알아가고 있고, 단순한 집안일 속에서 '함께하는 것의 의미'를 배우고 있어요. 내게도 어려운 일이니 돕는 손이 필요한 것은 '당연한 일'이 되었고, 함께 사는 집을 함께 꾸리는 것의 대가를 요구하는 일은 '가당치 않은 일'이 되었답니다. 함께하는 집안일로 이렇게 많은 걸 얻을 수 있게 될 줄은 미처 몰랐어요.

"엄마, 이렇게 힘든 일을 어떻게 맨날 혼자 다 했어요?"
"엄마, 뭐 도와드릴 거 없어요?"

아이들의 말 한마디에 전 마음이 녹아요. 엄마가 '잘 맞는' 나였으면 어쩔 뻔했나 모른다며 너스레를 떨다가 문득 또다시 뒷골이 울리는 듯했어요.

'내가 생각했던 좋은 엄마는 유니콘 아니었을까?'

좋은 엄마 콤플렉스

03

홈스쿨맘의
'엄마표' 수업 실패담

요즘은 워낙 좋은 학습지며 교구들도 많지만 그런 것과 별개로 자녀에게 맞는 특별한 교수법으로 즐겁게 가르치는 똑 부러진 엄마들이 참 많아요. 참신한 아이디어에 보고만 있어도 절로 주눅 들게 되는 퀄리티까지, 뭐 하나 빠지지 않는 일명 '엄마표' 수업. 홈스쿨링을 시작하면서 아이들 학습을 어떻게 할까 고민하던 때에 이것저것 검색을 하다가 야무진 엄마들의 훌륭한 수업들을 보게 됐어요. 그리고 저도 저 엄마들처럼 해야겠다고 생각했어요. 과목별로 어떻게 '더' 잘 가르칠 수 있을까 밤을 새워 가며 궁리했어요. 저는 최선을 다하는 '좋은 엄마'니까요. 그렇게 잘해 내서 스스로 만족하고 위안을 삼고 싶었어요. 제 노력과 열심과 희생이, 이 홈스쿨링의 일등 공신이라고.

책 읽기와 글쓰기가 중요하다고 생각했어요. 무엇보다 흥미를 붙였으면 좋겠다 싶었지요. 이왕 하는 수업이라면 특별하고 재미있게 하고 싶어서 아이들에게 시나리오를 짜서 연극을 해 보자고 했어요. 당시 아이들 나이는 8세, 10세, 12세. 아이들의 수준이 각기 다르고 성향이 각기 다르다는 점을 간과했던 거예요. 풀어내고 싶은 이야기가 아이들 각각 다르고 또 표현하는 방식도 제각기 다르니 시작부터 삐걱대더라고요. 우여곡절 끝에 겨우 셋이 합의된 주제를 골라 대본을 만들긴 했는데, 각자 자기 하고 싶은 말만 써넣은, 맥락도 내용도 없는 아주 짧은 단막극이 되었어요. 정말 창의적이고 좋은 교수법이라 생각했으나 현실은 현실이었던 거예요. 엄마 혼자 야심 찼던 30분짜리 글짓기 수업은 대여섯 번 진행하고 그대로 끝이 났어요. 다투고 지루해하는 세 아이를 어르고 달래며 끌고 가느라 너무 힘든 시간이었어요. 그 30분이 아주 길게 느껴졌던 것 같아요. 그런데 놀라운 얘기해 드릴까요? 지금 이 글쓰기 수업을 기억하고 있는 아이는 세 아이 중 아무도 없어요.

'나만의' 엄마표 영어도 시도해 봤어요. 아이들이 한창 〈겨울왕국〉 애니메이션을 좋아하던 때라, 다 같이 좋아하는 장면을 골라서 많이 듣고, 많이 봤어요. 몇 대목을 골라 대사를 외운 후 아이들 음성으로 더빙하는 촬영을 하거나 롤플레잉하는 장면을 동영상으로 찍었어요. 학습 효과도 있고 결과물도 남길 수 있으니 저로서는 아주 만족스러운 교수법이었지요. 그러던 어느 날 찍은 영상을 다시 돌려 보는데, 아이들의 얼굴이 전혀 행복해 보이지 않는 거예요. 아이들과 같이 연습하고 또 아이들을 촬영하면서는 몰랐는데, 외운 대사를 틀릴까 봐 전전긍긍하고 상대방이 실수할까 봐 조마조마한 아이들의 표정이 보였어요. 대체 누굴 위해 뭘 하고 있는 건가 현타가 오더라고요.

아이들 교과 과정 중에 고등 교육까지 쭉 이어지는 개념이나 유독 어려워하는 부분이 나올 때면 프로젝트 수업을 진행하기도 했어요. 제가 이렇게 공부할 때 제일 효율이 높았던 기억이 있고, 이렇게 공부하다가 독파하는 재미를 붙였던 터라 아이들에게 알려 주고 싶었거든요. 아이들이랑은 역사나 과학을 그렇게 공부하곤 했어요. 이 수업은 한 가지 주제당 최소 3개월 정도 소요돼요. 예를 들어, '행성에 대해서 공부하자.' 하면 일단 집에 있는 행성 관련 책들을 싹 꺼내서 주제별로 분류해요. 더 궁금한 내용은 따로 조사하거나 적어 두고요. 그리고 동네 도서관으로 가서, 궁금했던 내용이 있을 법한 책들을 대여해요. 그 외 행성 관련 자세한 내용이 있는 자료들이나 재미있는 전설이나 도감 등 더 읽고 싶은 책들도요. 그리고 문구점으로 가서 커다란 전지 몇 장을 사 오는 거예요. 벽에 전지 여러 장을 이어 붙여 두고, 행성도를 그려요. 그다음엔 책을 읽어 가며 행성 소개표를 완성시켜 가는 거지요. 이 또한 보기 흐뭇한 완성물이 나오는 수업이에요. 그런데 이 수업을 진행하던 중 아이들이 말했어요. "엄마는 우리가 뭐든지 재미있게 배우길 바라시는 거겠지만요, 솔직히 이런 건 어떻게 배워도 재밌을 수 없다는 건 아서야 해요. 엄청 큰 종이에 뭔가 오려 붙이고 쓰고 색칠해야 하니까 팔만 더 아플 뿐이에요." 뼈 때리는 팩트였고, '완벽한 실패'였어요.

✦ ✦ ✦

남들에게 보이고 싶은, 보이기 위한 교육이었어요. 틀에 박힌 교육은 안 하겠다는 내 오기였고요. 그 누구도 만족스럽거나 즐겁지 않은, 억지였던 거예요. 이제야 고백하는데요, 내 뜻대로 수업 방식이 '안 먹힐' 때마다 아이들을 보면 자꾸 한숨이 푹푹 나오고 속은 부글부글 끓으면서 화가 났어요. 그럴 때면 일기장에 잔

뚝 화난 마음을 휘갈기듯 써 내려갔지요.

"다 너희 잘되라고, 너희들 위해서, 이왕 배우는 거 즐겁게 배우라고 엄마가 밤새 머리 쥐어뜯으며 고심해서 짜낸 교육법인데, 이렇게 열심히 노력하고 재밌게 가르쳐 주는 엄마가 세상 천지에 어디 있다고 싫다며 불평만 하니? 고마운 줄 모르고 배가 불렀어. 정말! 대체 더 이상 어떤 방법을 궁리해 내야 만족한단 말이니? 손재주 없는 사람이 오리고 붙이고 하는 게 얼마나 어렵고, 기계치가 영상을 찍고 올리고 하는 일은 또 얼마나 힘든 줄 알기나 하니? 조금이라도 더 쉽고 재밌게 접근해 보려고 유익한 콘텐츠 검색하고 알아보는 건 또 얼마나 방대하고 막막한 일인지는 알아? 그런데 짜증이나 내는 너희들을 어르고 달래면서 끌고 가는 게, 그렇게 매일매일을 보내는 게 얼마나 지치고 피곤한 일인지 알기나 하냐고!"

그래도 여전히 마음속에 한마디 외침이 남아 있었어요.

'내가 좋은 엄마 되겠다는데 그거 하나 못 받쳐 주는 거야?'

결국 이거였어요, 내 본심.

04

뱁새가 황새를 쫓는 이유

어떤 상황에서도 흔들림 없이 웃는 얼굴로 "그랬구나." 하는 엄마이고 싶었어요. 또박또박 논리정연하고 여유로운 말투로 아이와 대화하고 화 안 내고 매 안 때리는 엄마이고 싶었어요. 영양가 있는 음식들을 차려 내고 이왕 차리는 상, 보기에도 예쁘게 플레이팅까지 신경 쓰는 엄마이고 싶었어요. 가족들과 함께하는 집이라는 공간을 호텔처럼 깔끔하고, 스튜디오처럼 아늑하게 꾸리는 엄마이고 싶었어요. 홈스쿨링을 하면서부터는 친절하고 유능하고 재밌게 잘 가르치는 엄마이고도 싶었어요. 그 모든 걸 다 잘해 내는 엄마이고 싶었어요.

이건 '자존감'의 문제였어요. 전 뭘 잘해야 인정받고 사랑받을 것 같은, 경험으로 배운 세상 속 찌든 기준을 가진 채 엄마가 된 거예요. 인정받고 사랑받는 데에 항상 기준과 조건이 필요하다고 생각했어요. 왜인지 모르겠지만 더 잘, 더 열심히, 최선을 다해야 그나마 괜찮은 사람이 될 수 있을 것 같았거든요. 최소한 뭔가를 하기라도 해야, 존재할 가치가 있는 사람이라고 말이에요. 그래서 엄마 노릇을 하면서도 그렇게 스스로 채찍질해 가며 달리고 또 달리다가 몸살을 앓고 만성 두통을 얻고 불면증을 얻었나 봐요. 황새를 쫓아 가랑이가 찢어져라 내달리는 뱁새처럼요.

지금까지 전 혹사시키면서 사는 걸로 문제 되는 경우는 거의 없었어요. 아니, 오히려 그 점 때문에 평판이 좋아지고 인정받게 되는 경우가 더 많았지요. '열심히' 사는 사람, '나의 일뿐 아니라 내 주변까지' 돌보는 사람을 싫어하는 사람은 없으니까요. 열정적으로 사는 건 스스로도 장점이라고 생각하던 부분이라 문제라고 생각한 적은 한 번도 없었어요. 처음 엄마가 됐을 때 여러 책과 강의를 섭렵했던 것부터, 살림, 인테리어, 경제, 영양, 제약, 교육 관련 공부를 하는 것 등 끊임없이 내 부족함을 찾아 채우려고 한 노력은 제가 봐도 '기특하기까지' 했지요.

"노력은 배신하지 않는다."는 말을 믿었어요. 몸과 마음을 갈아 넣는 노력으로 못할 일이 없다고, 진심으로 최선을 다하면 못 이룰 것이 없다고요. 그런데 제가 간과한 게 있어요. 내 노력의 분량에는 한계가 있다는 것과 내 의도와 상관없이 안 되는 일이 있다는 것. 끝없는 집안일을 감당하고 아이들을 가르치기 시작하면서 처음으로 좌절된 거예요. 어떤 '노력'도 안 통하고 방법도 모르겠는데 한계에 부딪힌 거죠. 더 이상 어찌할 수 없는 체력적, 정신적 한계에 다다른 이후에야 그걸 인정했어요. 그런데 그 와중에 제가 더 괴로웠던 건, 완전히 탈진한 저 자신이 아무짝에도 쓸모없는 무가치한 존재가 되어 버린 것 같은 느낌이었어요.

> 자존감
> 자신의 있는 모습 그대로의 긍정적인 인식을 바탕으로, 자기가 사랑받을 만한 가치가 있는 소중한 존재이며 어떤 성과를 이뤄낼 만한 유능한 사람이라고 믿는 주관적인 마음. 자아 존중감이라고도 함.

　　자존감이 낮은 사람은 자존심*으로 살아요. 자존심과 자존감은 사전적 정의가 비슷하지만 다르게 쓰이는 말이에요. 자존감이

---

* 자존심의 사전적 의미 : 남에게 굽히지 않고 자신의 품위를 스스로 지키는 마음. 또는 스스로 존경하는 마음.

자신의 존재 자체를 존중하고 긍정하는 말로 쓰이는 것에 반해, 자존심은 타인이 자신을 존중하거나 받들어주길 바라는 마음이라는 의미가 더 크거든요. 특히 자존심은 자신의 성과나 그에 대한 타인의 인정에 집중한다는 점에서 주체적이지 않지요.

무언가를 열심히 해서, 부족한 걸 채우면 제가 괜찮은 사람같이 여겨지던 건, 그래야 제 자존심이 세워지기 때문이었어요. 눈에 보이는 성과와 다른 사람의 인정이 있어야 제가 괜찮은 사람같이 여겨졌지요. 제가 '좋은 엄마 되기'에 그토록 목맸던 이유도 바로 이거였어요. 치유되지 않은 상처를 가진 채, 그 왜곡된 인식으로 저를 바라보고 가족들의 반응을 살폈던 거예요. 무언가를 더 많이, 가장 잘해 내는 것으로 제 자신의 존재 가치를 입증하려고 했어요.

하지만 제 속을 면밀히 들여다보니, 좋은 엄마가 되고 싶다는 소망은 '내가 사랑하는 가족들에게 의미 있는 사람이 되고 싶다.'는 깊은 바람이었어요. 사랑이었어요. 사랑하는 사람에게 사랑을 주고 또 받고 싶은 소망이었어요.

"하나님이 우리를 사랑하시는 사랑을 우리가 알고 믿었
노니 하나님은 사랑이시라."(요한일서 4장 16절 a)

제가 믿는 신의 성품이 '사랑'이라고 했던 말이 떠올랐어요. 그
사랑은 조건 없이 있는 모습 그대로를 품어 주고 아끼는 마음이
래요. '존재 자체를 존중하고 긍정하는' 마음이에요. 신의 사랑을
닮은 사랑으로 나를 아낌없이 사랑하는 아이들의 얼굴도 떠올랐
어요. 이 소중한 존재들을 사랑하는 나의 마음만은 진심이니 제
대로 된 방식의 사랑을 하고 싶어졌어요. 존재 자체를 존중하고
긍정하는 마음, 있는 모습 그대로를 아끼는 마음으로. 아이들을,
나 자신을 그렇게 대하고 싶다고 생각했어요. 성과가 없으면 존
재 가치가 없다고 여겨지고, 타인의 인정이 없으면 쉬이 불안하
거나 우울해지던 내 마음, 이제는 밑 빠진 독에 물 붓는 것 같은
자존심의 삶을 버리고 싶어졌어요.

사랑이 많은 아이들 덕에, 엄마라면 항상 넉넉한 마음으로 받
아 주는 아이들 덕에 여기까지 생각할 수 있었어요. 엄마로 살면
서 비로소 엄마 노릇이 조금은 가볍게 여겨지기 시작했고, 엄마
다운 내가 아니라 '나다운 엄마'가 뭔지 고민하기 시작했어요. 그

리고 그제야 나만이 할 수 있는 일들이 보이기 시작했어요.

마음에 민감히 반응하고 마음을 돌보는 일. 진실한 마음으로 대하고 진심을 전하는 일. 제가 가장 잘할 수 있는 일이에요!

좋은 엄마 콤플렉스

05

엄마,
전 제가 마음에 안 들어요

딸이 초등학교를 다니고 있을 때의 일이에요.

"엄마, 나는 왜 잘하는 게 없어요? ○○이는 달리기도 잘 하고 미술도 잘하고 **이는 활발해서 그런지 인기도 많은데, 난 키도 작고 공부도 보통이고 왜 특별하게 잘하는 것도 없고 인기도 없어요? 저런 애들 너무 부러워요!"

심장이 쿵 내려앉는 것 같았어요. '비교당하는 슬픔'이 뭔지 알기에 아이 앞에서 '~보다'라는 표현 자체를 의식적으로 안 썼어요. 제 낮은 자존감이 성인이 된 지금까지 고민인 터라, 아이의 자존감은 탄탄했으면 하는 바람이 강했거든요. 아이의 강점을 자주 말해 주고 별 이유 없이 사랑한다는 말을 많이 하는 등 노력을 꽤

해 왔다고 생각했어요. 그런데 스스로 다른 아이와 자기를 비교하고 마음 상해서 돌아온 딸을 보면서 마음이 아팠어요.

진심을 담아 아이의 눈을 보며 얘기했어요.

"수아야, 넌 신중하고 세밀한 아이야. 성실하고 책임감도 강하고 감수성도 풍부해. 생각이 깊고 마음은 순수하지. 보통 공부를 특출 나게 잘하거나 예체능 과목을 잘하고, 외향적인 성향이 있으면 사람들이 많은 곳에서 눈에 잘 띄고 주목도 잘 받는 것 같아. 그런데 모든 사람은 사람마다 잘하고 좋아하는 일이 다 다르단다. 분명 수아는 수아가 잘하고 좋아하는 일로 행복하게 사는 좋은 사람이 될 거야."

어린 수아는 다 이해되진 않는 듯 보였지만 안정감을 느끼는 것 같았어요.

수아가 열네 살이 됐을 때, 비슷한 고민을 한 번 더 얘기했어요.

"엄마, 전 앞으로 어떻게 살아요? 전 성격도 너무 예민하고 뭐 하나 잘하는 것도 딱히 없잖아요. 제 인생은 이미 망한 것 같아요."

이번에도 심장이 쿵 떨어졌어요. 그런데 이번엔 좀 다른 말을 해 주고 싶었어요.

"수아야, 뭐 하나 잘하는 거 없어도, 성격이 좀 예민해도 엄만 네가 너무 좋아. 세상에서 제일 좋아. 너무 사랑스럽고 소중하고 귀한 내 딸이라서. 앞으로 네 인생이 어떻게 망가지고 망해도 엄만 얼마든지 사랑할 거야. 왠지 알아? 이떤 일이 있어도 수아가 엄마 딸이라는 건 변하지 않으니까. 너 자신조차 네가 사랑스럽고 괜찮은 사람인 조건이 필요할 때에도, 엄만 '그냥' 널 사랑할 거야. 널 사랑하는 데에 많은 이유는 필요 없어. 딱 한 가지면 충분해. 그저 '너라서' 사랑한단다. 네가 엄마 딸로 와 준 그 순간부터 그랬어. 그리고 있지. 자기 인생이 망할까 봐 걱정하는 사람 인생은 절대 망하지 않아. 잘 살고 싶어서 하는 걱정이거든. 지금 뭔가 잘하는 게 없고, 미래가 불투명해서 불안한 건 당연해. 뭘 해 봤어야 잘하는 게 뭔지 알고 미래를 설계하지. 걱정 마. 너 태어날 때부터 지켜봐 온 엄마가 있잖아. 너도 모르는 모습까지 엄마가 차근히 알려 줄게. 네가 어떤 모습이든, 무얼 하든 엄마가 널 사랑한다는 것만 잊지 말아줘."

수아는 제 품에 안겨서 한참 동안 눈물을 쏟았어요. 품에 안긴 그 각도 때문이었을까요. 그 순간, 딸의 얼굴이 젖먹이 아기였을 때의 얼굴처럼 보였어요. '내 눈엔 여전히 이렇게 아가 같아 보이는데, 어느새 참 많이 자랐구나. 벌써 이만큼 커서 네가 어떤 사람인지 고민하는 소녀가 됐구나.' 감상에 젖었어요.

딸이 어떤 마음으로 이렇게 하염없이 눈물을 흘리는 걸까. 나의 말이 위로로, 사랑으로 닿아 힘이 되면 좋겠다…. 딸내미의 어깨를 토닥이며 물끄러미 바라보는데 딸의 눈물이 꼭 내 것처럼 느껴졌어요. 어린 나의 눈물처럼요. 딸에게 저 말을 해 주면서 나도 들었거든요. 내가, 지금 내 딸의 나이였던 그때 많이 듣고 싶던 말이었어요.

실컷 울고 난 딸을 보며 마치 제가 한바탕 눈물을 쏟아낸 것처럼 마음 한편이 시원했어요. 내 딸을, 내 안의 어린아이 같아 보이던 한 어린 여자아이를, 마음 담아 더욱 꼬옥 안아 주었어요. 무언가를 특별히 잘하지 않아도, 잘난 구석 하나 없어 보이더라도 괜찮다고. 너의 존재 자체가 이미 큰 의미라고. 너를 귀히 여기는 나의 마음처럼, 너도 너 자신과 네 인생을 평생 아끼고 소중히 여기면 좋겠다고.

06

사춘기어(語)를
번역해 드립니다

우리 다섯 식구를 보면 식구라고 말 안 해도 알 정도로 닮았다고들 하는데, 성향은 어쩜 그리 각자 다른지 가족이 맞나 싶을 정도예요. 한 배에서 태어난 아이들도 그래요. 어쩜 그리 비슷한 듯 또 다른지 참 신기해요.

첫째와 셋째의 닮은 점은 뛰어난 몰입력이에요. 뭔가에 꽂히면 그 일을 쫓는 투지가 발동되고, 그걸 끝마칠 때까지 엄청난 집중력을 발휘해요. 진취적이고 뜨겁지요. 그러다 보니 상대적으로 기복이 적은 둘째는 그들의 열정을 보고 불안해질 때가 있나 봐요.

"엄마, 저는 왜 관심 가는 게 별로 없죠? 누나나 은성이처럼 딱히 좋아하는 것도 없고 꽂히는 것도 없어요. 누나도 그렇고 은성이도 그렇고 자기 미래에 대해 얘기도 자주 하고 기대가 된대요. 벌써부터 계획하고 신나 하는데 저는 그런 것도 별로 없어요. 저는 미래를 생각하면 기대되기보다 겁부터 나는데…. 전 왜 이럴까요?"

사실 둘째의 이 고민은 지금까지 두어 번 정도 들었어요. 어렸을 땐 누나가 꽂혀 있는 것, 동생이 꽂혀 있는 것을 보고 본인도 똑같은 걸 해 보겠다고 하더라고요. 그런데 얼마 가지 않아 금방 지루해했어요. 아마도 그들이 꽂힌 그 포인트가 자신에겐 와닿지 않았기 때문이겠죠.

이전에 하율이가 누나나 동생이 꽂혀 있는 걸 해 보고 싶다고 하거나, "나는 왜 좋아하는 게 없냐."고 물었을 땐 둘 중 하나의 마음이 들었어요. 적극적인 두 형제에게 건강한 자극을 받았겠거니 반가워하는 마음과 한편으로는 걱정하는 마음이요. 걱정하는 마음이 들 땐 아이가 부러움을 느끼는 걸까 아니면 소외감을 느끼는 걸까 싶어서, 하율이가 몰두할 만큼 좋아할 것들을 찾아 주려고 했어요. 이것저것 경험하게 해 주고 이런저런 것들을 가르치기도 하면서요. 하지만 이렇다 할 무언가를 찾지는 못했죠.

그리고 중2가 된 지금, 다시 한번 같은 질문을 하는 거예요. 아이는 인생 다 산 것처럼 한숨을 내쉬며 물었어요. 이번엔 사뭇 진지한 아이의 태도에 저도 순간 멈칫하며 긴장됐어요. 무슨 말을 해 줘야 할까 고민하면서 물끄러미 아이의 얼굴을 보고 있는데, 사춘기 시절의 제 얼굴이 겹쳐 보이듯 떠올랐어요. 아이가 무슨 말을 하고 있는지 알 것 같았어요.

어릴 때 어두운 집안 분위기에 어딘가 털어놓을 곳은 없어 답답했지만 제 안에 늘 품고 있던 질문이 있었어요. 어느샌가 내 몸은 다 자란 어른 같은데 마음도 생각도 한두 해 전인 초딩 때와 뭐가 달라진 건지 모르겠는 거예요. 어린이도 어른도 아닌 사이에 '낀 인간' 같은 사춘기. 이제는 머리가 좀 굵어져 세상이 보이기 시작했는데, 정작 나는 내가 어떤 인간인지조차 파악이 안 되는 거죠. 나란 인간은 뭘 잘하고 좋아하는지도 모르겠고, 인생을 어떻게 살아가야 할지, 뭘 하며 살아야 할지, 내가 잘 살아낼 수 있을지 막막하기만 하고요. 그리 눈에 띄게 잘하는 것도 없는 것 같고, 현실은 팍팍해 보이지만, 그래도 아직 가 보지 않은 미래에 대해 희망을 놓고 싶지는 않고 잘 살아내고 싶었어요.

좋은 엄마 콤플렉스

하지만 사실 나에 대한 확신은 없었지요. 확신이 없지만 확신을 갖고 싶다는 게 정확한 표현이에요. 이제 막 머리가 트이고 눈이 뜨이기 시작한 나보다는, 날 더 오래 봐 온 부모가 나를 더 잘 알고 계실 테니, 부모가 말해 주는 '나'라는 사람이 궁금해요. 그런데 내 부모는 지금 나보다 더 불안해하면서 나랑 똑같은 걱정을 하고 있는 거예요. 내가 묻고 싶은 걸 나한테 물으면서요. 이다음에 뭐 해 먹고 살려고 그러고 있느냐고, 대체 정신머리가 있기는 한 거냐고 말이에요.

아이의 입에서 나온 말은 열정적으로 관심 가는 게 없고 미래가 두렵다는 말이었지만, 저에게는 다른 말을 하고 있는 것처럼 느껴졌어요.

"엄마가 보시기엔, 저, 어때요? 제가 앞으로 인생을 잘 살아갈 수 있을 것 같으세요? 저, 이대로도 괜찮은 거 맞아요?"

제가 하율이만 할 때, 하율이와 같은 고민을 하고 있던 때에 듣고 싶던 말을 해 줬어요.

"하율아, 뭔가에 열정적으로 꽂히는 건 성향이야. 좋고 나쁘고 옳고 그른 게 아니라. 하율이는 어떤 한 가지를 불같이 좋아하고 깊이 파고드는 스타일이 아닐 수 있지. 너만의 스타일이 있잖아. 진득하게 꾸준히, 책임감 있게 성실히 무언가를 해내는 것. 그게 얼마나 믿음직하고 신뢰 가는 성향인데. 모든 성향에는 장점과 단점이 있어. 모든 장점과 단점은 양날의 검이고. 그러니 네가 가지지 않은 무언가를 부러워하거나, 그 때문에 좌절할 필요 없어. 그리고 사람은 본래 자기 생긴 대로가 제일 자연스럽고 멋있다? 네 강점이 너에게 가장 편한 거고, 더 마음에 들 거야. 다른 사람의 강점을 가져오는 것보다 네 강점을 더욱 발전시키고 네 약점을 아주 조금 보완하는 게 더 쉬울 거야. 그러니까 엄마가 하고 싶은 말은, 지금 이대로 넌 충분히 멋있고 괜찮은 사람이라고. 아주 잘 자라고 있으니까 걱정하지 말라고. 너는 너대로 네게 맞는 인생을 아주 잘 꾸려 갈 거야. 사랑해, 우리 아들!"

이제는 저보다 키가 더 큰 아들이 무릎을 굽혀서 제 품에 안겼어요. 제가 보지 못하게 슬쩍 피한 두 눈엔 눈물이 그렁그렁 맺혀 있었고요. 어느새 넓어진 아들의 등짝을 쓱쓱 쓰다듬으니 아들이 어릴 때가 떠올랐어요.

좋은 엄마 콤플렉스

네가 아장아장 걸음을 배우던 때, 네 조그만 등 뒤에 바짝 붙어 너를 지켜 줬었는데 이제 네 등이 이렇게 훌쩍 넓어졌구나. 벌써 이렇게 자라서 네 앞날을 걱정하는구나. 그렇게 조금씩 넓어지고 깊어져서 너 자신을 지키고 누군가를 지켜주는 좋은 사람이 되렴. 우리 아들은 틀림없이 그런 사람이 될 거야. 두고 보렴. 넌 네 생각보다 훨씬 더 멋진 아이란다.

07

아들을 위한 돈 공부

"왜 이거랑 이거랑 돈(가격)이 다르지?"

하율이는 어릴 때부터 돈에 관심이 많았어요. 물건을 살 때 돈을 지불하면 다른 돈(거스름돈)을 건네받는 것이나, 카드로 물건을 살 때는 카드를 냈다가 다시 돌려받는 것들을 신기해했어요. 산 물건들 이름과 가격이 계산된 숫자가 순식간에 찍혀서 나오는 영수증에도 호기심을 보였고요. 좀 자라서는 생일 선물 대신 용돈을 달라고 한 적도 많아요. "용돈으로 받으면 얼마까지 주실 수 있어요?"라고 하면서 말이에요.

막상 모은 용돈은 어디에 쓰는 것도 아니에요. '기부할 돈, 소비할 돈, 저축할 돈' 이렇게 적어 둔 통 이곳저곳에 모아 두고는 수첩에 현재 소유하고 있는 용돈이 얼마가 있는지 적고 흡족해하는 게 전부였어요.

아이에게 내색한 적은 없었는데요. 솔직히 전 탐탁지 않았어요. 어린애가 왜 이렇게 일찍부터 돈에 관심이 많을까 싶었어요. 왠지 돈에 대한 얘기는 너무 '세속적'인 것 같았거든요. 근데 이런 제 걱정을 눈치챈 남편이 어느 날 얘기하더라고요.

"어쩌면 우리가 돈에 대해서 편견을 갖고 있는 건 아닐까? 하율이가 좋아하고 잘할 수 있는 일이 '재정' 분야일 수도 있잖아. 주식이나 재무관리나 뭐 그런 거."

그쪽으론 생각도 못 했어요. 제 편견으로 아이의 관심 분야를 판단하고 있었어요. 돈을 밝힌다는 생각으로요. 제 관심사가 아니라는 이유로 아이의 관심도 더 과해지지 않으면 좋겠다고 내심 바라고 있던 거예요. 정작 나란 존재는 돈 없으면 살 수도 없고, 속으론 돈 떨어질까 봐 전전긍긍하면서, 또 늘 돈이 좀 더 넉넉했으면 좋겠다고 바라고 있으면서, 아이가 돈에 대해 자주 얘기하는 걸 못마땅해하고 돈 얘기는 왠지 저급한 것처럼 여기고 있던 거예요. 그러면서 꿈이 있는 아이들로 기르고 싶다고 하고, 아이들의 꿈을 응원하겠다고 하는 모순적인 제 자신이 너무 부끄럽게 느껴졌어요.

다시 생각을 정리해야 할 타이밍이에요. 내 편견이 아이를 망치지 않게, 아이의 행복을 내가 막아서지 않게. 나의 선호와 상관없이 아이는 '아이에게 맞는' 인생을 살아야 하니까요. 하율이를 불러서 솔직한 제 마음을 고백했어요.

돈에 대한 나의 편견들, 그래서 돈에 관심이 많아 보이던 하율이를 볼 때 지지나 응원이 아니라 걱정이 더 앞섰던 마음들을 사과했어요. 그리고 저의 노파심도 나눴어요. 돈이 넘치거나 마를 때 얼마나 마음을 놓치고 뺏기기 쉬운지, 사람 마음이 돈 때문에 얼마나 좌지우지되기 쉬운지 제가 갖고 있던 그 두려움에 대해서요. 하지만 돈 그 자체는 좋고 나쁜 가치가 있는 게 아니라, 마음을 잘 지키면서 다스려야 할 부분이라는 걸 알게 됐고, 엄마도 이젠 하율이와 함께 '돈에 대해서 공부'해 보고 싶어졌다는 말도 전했어요.

하율이의 눈이 반짝 빛났어요.

"제가 돈에 관심이 많은 게 너무 욕심이 많아서인가 걱정했어요. 근데 엄마가 이렇게 얘기해 주시니까 마음이 좀 편해요."

제 잘못이에요. 은연중에 '돈보다 더 중요한 걸 생각하면 좋겠다.'라는 제 생각이 분명 아이에게 흘렀을 거예요. 하율이한테 많이 미안했어요. 아이가 관심 있어 하는 분야를 제가 모른 척했어요. '내가 모른 척하면 아이의 관심도 옅어지겠지. 돈 말고 다른 데에 관심을 가지면 좋겠다.'고 바랐던 것 같아요. 엄마가 인정할 만한 인생을 살 때, 아이가 행복한 게 아닐 거예요. 사람은 누구나 그 사람이 원하는 인생을 살 때에 행복을 느끼도록 지어졌으니까요.

하율이는 평화주의자이자 안전 제일주의자예요. 그래서 미래에 대한 안정감에 가장 큰 관심이 있고, 그중 살아가는 데 필요한 돈이라는 것에 흥미를 느낀 것 같아요. '돈에 대한 철학'을 얘기할 때는 꽤 진지하기까지 하더라고요. 돈을 움켜쥐고 있는 사람이 아니라 필요한 곳에 잘 흘려보낼 수 있는 선한 부자가 되고 싶다고 했어요.

평소 하율이가 궁금했다던 워렌 버핏의 책을 시작으로 주식, 투자, 기업 분석에 대한 책들을 함께 읽어 가기 시작했어요. 제 생애 처음 사 보는 카테고리의 책들이었어요. 하율이는 너무 어려운 내용은 건너뛰면서 읽었고 경제를 분석하거나 미래를 예측하는 애널리스트, 미래학자들을 리스펙했어요. "역사 공부가 경제 파악에도 도움이 될 것 같다."고 하고, "좋은 곳에만 돈이 많이 모이면 좋을 텐데 아쉽다."고도 했어요.

아이들의 관심사가 언제, 어떤 방향으로 바뀔지 모르겠지만 아이들의 관심사를 함께 공부하며 배워 가는 이 시간을 잘 기억하고 있어야겠다고 다짐했어요. 사랑이라는 이름을 갖다 붙이면서, 엄마라는 권위를 들이대면서, 아이의 길을 막지 않게. 아이의 행복을 방해하지 않게.

08

우리, 공부는 언제 해요?

홈스쿨링을 진행하면서 이런저런 시행착오를 겪고 저는 저대로 고민에 빠져 있던 어느 날, 아이들이 공부는 언제 하냐고 물었어요. 아이들은 마냥 놀게 하면 좋아할 줄 알았는데 의외였어요. 아이들이 물어오길 내심 기다리긴 했어요. 하지만 시치미를 뚝 떼고 준비해 뒀던 대답을 했어요. 대답이라기보다는 질문.

"공부를 왜 해야 하는데?"

제가 '의미 없다'고 여겨지는 일에는 움직여지지 않는 사람이라 그런지, 별 목적 없이 공부했던 학창 시절이 이제와 후회돼서 그런지 아이들이 한 번쯤 스스로 진지하게 생각해 봤으면 했어요. "도대체 공부는 왜 해야 해요?"라는 투정에, 어르고 달래듯 학생의 의무라거나 성공한 사람이 되기 위해서라거나 경쟁 사회 속 스펙 쌓기를 위해 해야 하는 어쩔 수 없는 일이라고 말하고 싶지 않았어요. 공부하기 싫어서 나오는 투정이라고 해도, 공부가 왜 필요한지, 공부가 학생 신분에서의 역할이자 할 일이 된 이유가 무엇인지, 그 근본적인 질문에 스스로 답을 갖고 있는 아이들이 길 바랐어요.

아이들이 대답했어요.

"우리는 학생이니까요. 우리가 홈스쿨을 선택하긴 했지만, 학교 다니는 애들보다 뒤쳐지면 안 된다고 생각해요. 학교 교육은 안 받았어도 많이 배웠다, 잘 배웠다는 평가를 받고 싶어요."

스스로 생각했다는 점에서 기특했지만, 타인을 의식하고 비교하고 있는 듯한 이 답은 뭔가 아니다 싶었어요. 아이들이 공부를, 배운다는 것을 평생 즐겨하는 사람이 되면 좋겠거든요.

> 공부
> 학문이나 기술을 배우고 익힘.

공부의 사전적 의미는 '배우고 익힌다'는 본질적 의미를 더 중요하게 여기는 말이에요. '학업'은 그 하위 개념으로 '지식을 공부하는 일'이고요. 마치 '교육'이 '가르치고 기르는 것'이고 '학습'이 그 하위 개념에 속하는 관계와 비슷한 것이지요.

처음에 홈스쿨링을 선택했을 때, 학습을 위한 교육을 선택하지 않기로 한 것처럼, 아이들이 학업을 위한 공부를 선택하지 않았으면 했어요. 아이들에게 공부의 참 의미를 가르치고 싶었어요.

다시 아이들에게 물었어요.

"너희들은 어떤 공부를 하고 싶니?"

아이들이 당황하더라고요.

"그냥, 국어랑 수학이랑 뭐, 사회, 과학 그런 거 있잖아요."
"공부를 하고 싶어?"
"아니, 엄마, 공부하고 싶은 사람이 어디 있어요?"
"그래, 맞네. 공부하고 싶은 사람은 없지. 국·수·사·과 과목

이 공부라면. 근데 뭔가 배우고 싶지 않은 사람은 참 불쌍한 것
같아."

"……?"

"너희들은 어떤 사람이 되고 싶니?"

어떤 사람이 되고 싶냐는 질문에 아이들은 쉬이 대답을 하지
못했어요. 그 반응이 반가웠어요. 고민을 하고 생각하기 시작했
다는 증거니까요.

'그래, 마음껏 고민하고 힘껏 생각해 보렴. 그래서 어떤 사람이
되고 싶은지 그 답을 꼭 알아내렴. 그러면 너희가 어느 길을 가야
하는지 보일 거야.'

아이들이 처음 말을 배우고 한글을 배우고 숫자를 배울 때, 영
어를 배우고 피아노를 배울 때, 반들반들한 눈동자로 열심이던
모습이 생생해요. 분명 궁금해하고 즐거워했었어요. 새로운 것을
알게 된 자신의 모습에 뿌듯해하기도 하고요. 적어도 아이들이
처음 무언가를 배울 땐 그랬어요.

좋은 엄마 콤플렉스

학과목을 공부하기 시작하면서 아이들은 무언가를 배우고 익히는 것 자체에 흥미를 잃게 되는 것 같아요. 자신의 속도에 맞지 않는 학과 공부를 목적 없이 하다 보면 초래되는 당연한 결과일 거예요. 학업이 재미있을 수 없다면 의미라도 분명하면 좋겠다고 생각했어요. 학생 시절에 교육을 받는다는 건, 단순한 지식 축적뿐만 아니라, 주체적으로 살아갈 준비를 한다는 의미가 있어요. 자신을 알아가고 자기 인생을 살아갈 철학과 지혜를 쌓고 삶의 태도를 배우는 시간으로서의 의미지요. 공부하는 과정을 통해서 좋아하는 것이나 싫어하는 것을 알게 되고, 하기 싫은 것도 해내는 책임감을 배우고, 성실함과 인내심과 계획성을 배우잖아요. 그런데 지식 축적이라는 내용(학습)에만 집중하면 공부의 중요한 의미를 놓치게 돼요.

아이들이 원치 않는 학습만 강요받다가 배우는 즐거움 자체를 잃어버릴까 봐 두려워요. 사람마다 궁금해하고 재밌어하는 영역이 있어요. 그 영역은 저마다 다르지만 반드시 있어요. 그것은 아이들 각자가 타고난 인생 모양과 연관돼 있고 아이들이 좋아하고 잘하는 것과도 연관돼 있어요. 전 우리 아이들이 자신에게 필요한 배움을 잘 아는 사람이 되면 좋겠어요. 배우는 즐거움을 평생 놓치지 않았으면 좋겠고요.

어떤 사람이 되고 싶냐는 질문에 한참을 고민하던 아이들은 "앞으로 뭘 해야 할지 잘 모르겠어서 공부를 해야겠다."고 했어요. 꼭 하고 싶은 일이나 잘하고 싶은 일이 아직 뭔지 모르겠는데, 가까운 미래를 봤을 때엔 초·중·고 졸업장(검정고시)은 따고 싶다고요. 그러니 학습이 필요하다는 생각이 들었다고 했어요.

담백하고 솔직한 이유였어요. 무엇보다 아이들에게는 공부하기에 충분한 동기가 됐어요. 다른 집 얘기를 꺼내지 않아도, 불안하게 하지 않아도, 공부하라고 닦달하지 않아도 아이들은 스스로 공부를 하기 시작했어요.

아이들이 살아가며 더 뾰족해진 각자만의 답을 찾길 바라요. 공부를 왜 해야 하는지, 어떤 공부를 하고 싶은지, 어떤 사람이 되고 싶은지. 자기만의 답을 찾아내면 해야 하는 공부와 하고 싶은 공부를 알아낼 수 있어요. 배움을 통해 성장과 성숙의 방향으로 인생을 살아갈 수 있어요. 진정으로 나답게, 진심으로 원하는 것들을 기꺼이 이뤄 가면서요.

좋은 엄마 콤플렉스

전 '좋은 어른'이 되고 싶어요. 제 인생 목표예요. 나이가 들수록 품위 있고, 내가 살아온 시간만큼의 연륜과 지혜가 있는, 내 아이들의 인생 멘토가 될 수 있는 어른다운 어른이요. 그러려면 배워야만 해요. 저는 시간이 갈수록 점점 배우고 싶은 게 많아져요. 주입식 교육과 입시 목표의 학업에 찌들었던 그때에는 몰랐던 기쁨인데요, 내가 알고 싶어서 하는 공부, 내가 되고 싶은 사람이 되기 위해서 하는 공부는 어려워도 재미있고, 계속 궁금해요. 그 끝없음에 더욱 행복하고요. 앞으로도 전 배우는 즐거움을 아는, 마음이 늘 젊은 사람으로 살고 싶어요.

내가 먼저 가 본 길이 잘못된 길이라면 알려 줘야 해요. 내가 갔던 길에 후회가 남으면 알려 줘야 해요. 그럼 내 아이는 덜 돌아갈 테고 나보다 더 행복해질 수 있을 테니까요. 그러라고 엄마가 있는 거라 믿어요.

09

그… 그랬구나,
강아지를 많이 키우고 싶구나

저는 원래 강아지를 무서워해요. 어릴 때 큰 개한테 물렸다고 들었는데 그래서인지 너무 귀여워하면서 무서워해요. 키우는 건 당연히 엄두도 안 나고요. 막내 은성이는 어릴 때부터 동물을 참 좋아했어요. 아홉 살이 되던 해에는 강아지를 키우고 싶다고 하더라고요. 아이들은 어느 정도 자라면 무언가를 돌보고 보호하고 싶은 욕구가 생기나 봐요. 첫째랑 둘째도 딱 그맘때쯤 강아지나 고양이를 키우고 싶어 했어요. 그때 수아와 하율이에게 반려동물을 키우는 데엔 엄청난 책임감이 필요하고 매일 해야 할 일들이 있다는 얘기를 했어요. 특히 똥을 치워야 한다는 말이 아이들에게는 영 걸렸던 것 같아요. 그 얘기를 들은 후론 동물 키우자는 말이 쏙 들어가더라고요. 근데 은성이는 똥 얘기에도 굴하지 않았어요. 강아지를 키우고 싶은 이유도 다양했고 제가 제시하는 어려움에 대해 구체적인 해결 방법들을 찾으면서 꼭 키우고 싶다고 어필하는 거예요.

반려동물 한 마리를 집에 들인다는 건 라이프스타일 자체가 바뀌는 일이라고 생각해요. 그만한 마음의 준비가 돼 있어야 한다고 생각하고요. 전 아이 셋 홈스쿨링도 벅차 하고 있던 터라, 강아지가 들어올 마음의 여유는 없었어요. 싫은 만큼 단호하게 딱 잘라 안 된다고 말하고 싶었어요. 이럴 땐 꼭 어른이라는 '권력'을 사용하고 싶어지거든요.

그런데 그 순간, 여러 가지 발생할 수 있는 문제들에 대해 나름대로 최선의 해결 방안을 찾고 있는 아이가 보이는 거예요. 그런 아이에게 '무조건 안 돼!'라는 폭력을 쓸 순 없다고 생각했어요. 제 취향이 있는 것처럼 아이의 취향도 있는 거니까요. 강아지는 절대 키울 수 없다고 선포를 하거나 아이의 의견을 거절하느냐 마느냐의 문제가 아니라, 아이에게 제 취향을 잘 이야기하고 이해시키며 부탁해야 할 문제였어요. 하지만 엄마가 강아지를 싫어하니까 강아지 키우는 걸 포기해 달라고 부탁하기 전에, 제가 아이의 취향을 존중하기 위한 노력을 해 보는 게 먼저여야 한다는 생각이 들었어요. 제가 어른이고 엄마니까요. 양보, 이해, 이런 건 원래 아이가 아니라 어른이 하는 거잖아요.

"은성아, 엄마는 강아지 키우는 거 자신이 없어. 강아지를 키우면 해야 하는 일이 정말 많아지거든. 엄만 그걸 못 할 것 같아. 네가 맡아서 해 준다고 하니까 다행이지만, 가끔 네가 못 하는 날이 생기면 엄마는 화가 날 것 같아. 엄마가 대신할 여력이 없을 것 같거든. 그리고 솔직히 엄만 강아지가 무서워. 아주 작은 새끼도. 그치만 은성이가 정말 너무너무 원한다면 엄마도 노력해 볼게. 엄마가 강아지에 대해서 아는 게 별로 없거든. 우리, 공부부터 해보자."

6개월 동안 영상과 책으로 강아지에 대해 공부를 해 본 뒤에 강아지를 키울 자신이 생기면, 그때 강아지를 키우자고 약속했어요. 은성이는 흔쾌히 '강아지 공부'를 하기로 했고, 두꺼운 강아지 도감책이 너덜너덜해질 때까지 읽고 또 읽었어요. 중요한 부분에는 북마크까지 해 가면서요.

강아지에 대한 공부를 하면서 은성이의 호기심이 더 커진 듯했어요. 그런 은성이를 보는 솔직한 제 마음은 기특함 반, 난감함 반이었어요. 좋아하는 것에 대해 집중을 기울여 파고드는 게 기특했고, 강아지를 알아갈수록 더 잘 키울 수 있겠다는 자신이 생긴것 같아 난감했어요. 기특함만 내색하고 난감함은 잠시 뒤로 숨긴 채, 은성이가 새로 알게 된 정보들에 대해서 같이 놀라고 같이신기해하며 시간이 흐르고 있었어요.

그러던 어느 날, 은성이가 말했어요.

"엄마, 저 집에서 강아지 키우는 건 안 하려고요. 나중에 제가어른 되면 마당 있는 집에 살 거거든요. 그때 제가 제일 키우고싶은 골든 리트리버 암컷, 수컷 한 마리씩 키울 거예요. 아파트에선 강아지들도 답답할 것 같고, 저도 청소하기가 힘들 것 같아요.근데 엄마, 대신 제안 하나 해도 돼요?"

은성이는 늘 이런 식의 대화를 해요. 상대방의 마음을 잘 헤아리는 따뜻한 센스로 타협점을 제안하는 협상하기.

"제가 어른이 되기 전까진 우리 가족 모두 같이 애견카페에 자주 가면 어떨까요? 유기견 보호소를 제일 가고 싶은데, 거기는 봉사 나이 제한이 있어서 저는 아직 안 된대요. 그니까 그 전까진 애견카페에 자주 가서 강아지를 보다가, 나중에 좀 더 크면 유기견 보호소 가서 봉사하면서 강아지 돌보는 실력을 쌓고, 어른 되면 제가 직접 키우는 거 어때요?"

말을 하는 은성이의 얼굴에 웃음꽃이 활짝 피어 있었어요. 자신의 제안이 꽤 마음에 드는지 뿌듯한 표정이었지요. 아이를 믿고 기다려 주길 잘했다 싶었어요. 엄마의 말 한마디로 딱 잘라 거절하고 정리해 버렸다면, 아이에겐 괜한 피해 의식이 생겼을 거예요.

제가 원하는 결론, 아니면 보다 현실적이거나 효율적인 대안 대로 아이를 빨리 끌고 가고 싶을 때가 많아요. 사실 그러고 싶을 때가 훨씬 많지요. 어른의 머릿속엔 예상되는 문제가 쉽게 그려지고 어른의 눈에는 결과가 훤히 보이니까요. 그럴 때면 은근히 아이들을 조종하고 싶어지기도 해요. 아이들에게 결정을 맡기면 시간도 오래 걸리고 현실감이 떨어지기도 하고 최선의 결론이 아닐 수 있거든요.

답답하고 부족해서 도와줘야 하는 부분도 물론 있어요. 그러니까 아이이죠. 그러나 아이는 결코 그대로 멈춰 있지 않고 날마다 자란다는 것과, 자라나는 데엔 시간이 필요하다는 걸 기억해야 해요. 아이들은 자기 나이에 맞게, 자기 속도에 맞게 지혜와 생각이 날마다 자라고 있으니, 엄마인 나는 아이를 믿고 기다려 주는 게 가장 중요한 할 일이라는 다짐을 하는 것. 성격 급하고 자기주장이 강한 저에겐 가장 어려우면서도 가장 잘해 내고 싶던 일이었어요. 아이의 고유한 성정과 취향이 훼손되지 않게, 아이의 어떠함을 오롯이 바라볼 수 있는 기회를 놓치지 않게.

아이들의 말에 귀 기울이고, 아이의 생각을 격려하고, 아이의 결정을 응원하는 엄마의 마음이 아이들에게 힘이 되기를. 아이들이 꿈을 펼쳐 나가고 인생을 살아갈 때 이렇게 쌓인 시간들이 고스란히 추억이 되고 저력이 되기를. 아이들을 있는 그대로 사랑하는 존중과 사랑이 아이들의 마음에 가닿을 수 있기를.

10

엄마,
나 게임 중독이면 어떡해요?

원장님 센스가 남다르셔서 벌써 몇 년째 다니고 있는 단골 미용실이 있어요. 미용실에 갈 때면 막내가 늘 마음에 밟혔어요. 유아 때부터 늘 짧은 머리만 고수하던 잘생긴 우리 아들, 파마 하나면 귀티가 좔좔 흐를 텐데 아쉬움 가득 담은 엄마의 마음이었어요. 머리 깎는 걸 유독 귀찮아하는 셋째를 몇 달 전부터 구슬렸어요. 파마를 하면 머리 깎으러 자주 안 가도 되니, 머리를 좀 길러 뒀다가 파마 한 번 해 보면 어떻겠냐고요. 파마는 한 번 할 때 시간이 오래 걸리는데, 그 시간 동안 태블릿으로 게임을 마음껏 할 수 있게 해 주겠노라고 말했지요.

　"게임 시간제한도 없는 거예요?"

게임 싫어하는 아이들은 없지요? 저희 아이들도 그래요. 미용실은 너무 싫지만 게임을 실컷 할 수 있으니 기꺼이 가겠다고 하더라고요.

아이와 나란히 앉아서 머리 손질을 받고 있던 중이었어요. 태블릿에서 알람이 울리고 아이가 화면을 끄는 거예요.

"왜 끄는 거야?"
"30분 알람 맞추고 했거든요. 아까부터 너무 많이 한 것 같아서요."

대화를 듣던 미용실 원장님이 눈이 똥그래져서 물으셨어요.

"지금 게임을 스스로 시간 맞춰 했다가 끈 거예요? 어쩌면 애가 저럴 수 있어요?"

아이들이 아주 어릴 때부터 가르쳐 왔어요. 엄마가 유독 '보고 듣는' 콘텐츠에 민감한 이유와 미디어 콘텐츠를 꼼꼼히 선별하는 이유, 특히 영상매체가 뇌에 미치는 영향과 건강한 사용 방법에 대해서요. 게임도 마찬가지예요. 저희 아이들에겐 일주일에 세 번, 30분씩 게임하는 규칙이 있어요. 너무 폭력적이거나 잔혹한 내용의 게임은 하지 않기로 했고요. 오래전부터 정해 뒀던 규칙이고, 아이들은 불만 없이 잘 지켜 왔어요. 이유가 납득되니 호기심은 생길지언정 반감이 생기지는 않는다고 했어요.

미용실에서 실컷 게임을 한 다음 어느 날, 은성이가 얼굴 한가득 걱정을 담고 고민이 있다며 다가왔어요. 자꾸 게임이 눈에 아른거린다는 거예요. 새로운 게임기도 갖고 싶어서 자꾸만 인터넷 사이트를 뒤지게 된대요. 게임을 하는 것보다 오래 하는 게 더 안 좋다는 것, 적당한 정도를 제어하지 못하는 건 위험한 상태라는 걸 모르는 것도 아닌데 머릿속에 계속 게임 관련된 생각만 떠오르고 '그만해야지.' 생각이 들어도 생각대로 멈춰지지 않는다고요.

"엄마, 제가 저번에 게임을 너무 많이 해서 그런 거 아닐까요? 저, 게임 중독된 거면 어떡해요?"

이렇게 심각한 얼굴로 고민이 있다며 다가온 적은 없던 아이라, 아이의 진지한 표정을 보며 같이 긴장했다가 질문을 듣고는

좋은 엄마 콤플렉스

피식 새어 나오는 웃음을 간신히 참았어요. 얼마나 안심이 되던지요. 아이들은, 아니, 인간은 누구나 제 인생을 잘 살아내고 싶어 하는 게 분명해요. 자기가 잘못될까 봐, 망가지기라도 할까 봐, 이렇게 걱정하고 고민하는걸요. 아이에게 게임을 실컷 하라고(할 테면 해 보라고) 말할 수 있는 이유에요.

언젠가 아이들이, 엄마 같은 엄마는 이 세상에 없을 거란 말을 한 적이 있어요. 무슨 의미냐고 물었더니, 이렇게 말하더라고요.

"친구들 얘기 들어보면 보통 공부 좀 하라는 잔소리를 제일 많이 듣는대요. 그만 좀 놀라는 말이랑요. 엄마는 정반대잖아요. 늦게까지 공부하면 기특해하는 게 아니라 키 안 큰다고 빨리 자라고 혼내시고, 직장인도 야근 그렇게 안 한다며 무슨 학생이 놀 시간도 없이 공부하냐고 뭐라 하시고요. 엄마는 공부 관련된 걸로는 아예 얘기 안 하시고 잔소리는 딱 건강, 안전, 이것 관련된 것만 하시는 것 같아요."

그런데 우리 아이들이 모르고 있는 게 있답니다. 저라고 왜 하고픈 말이 없었겠어요. 그저 전 훅*을 위해 잽을 아껴 두는 거예요. 잽**을 너무 자주 날리면 훅도 읽히거든요. 게다가 아이들과의 관계에선 잽을 너무 자주 날리면 훅 날릴 기회조차 없잖아요. 제가 여기에서 말하는 훅은 아이들을 감동으로 쓰러뜨리는 한 방을 말해요. 훅 한 방에 내 온 마음을 실어 던지는 거예요. 그 훅 한 방 크게 먹은 아이들이 나와 완전한 한편이 되도록!

어른의 눈에 아이들은 늘 어리숙하고 부족해 보여요. 그래서 아이들을 보고 있으면 '꼭 해야 할 것 같은' 말이 많이, 아주 많이 생각나요. 그걸 부모 입장에선 '하나부터 열까지 다 널 위한 소리, 널 생각해서 하는 말'이라고 하고, 아이들은 '잔소리'라고 하는 모양이에요.

어린이의 어원이 '어리석은 이'라고 해요. 아이들이 어리숙하고 부족하다는 건, 아이들 스스로도 잘 알고 있어요. 도움이 절실하게 필요하다는 것도요. 그런데 아이는, 아이다워서 아이인 거죠. 그 아이들은 날마다 부지런히 자라고 있답니다. 그리고 그 미숙함

* 권투에서 허리의 회전을 이용해 상대에게 가하는 타격 기술로, 위력이 가장 셈.
** 쿡 찌른다는 뜻으로 복싱 타격 기술의 기본자세를 뜻함.

을 사랑해 주고 믿어 주는 만큼 잘 자란다고 믿어요. 모든 아이들 안에 잘 살아 내고 싶다는 갈망이 있다는 것도요. 그래서 심호흡 깊게 하면서 기다리는 거예요. 아이들이 도움이 필요하다고 인지한 그 타이밍이 올 때까지, 혹을 날릴 그 타이밍까지 말이에요.

아이가 게임기를 사고 싶어서 인터넷 쇼핑 사이트를 뒤지고, 후기들을 검색해 보고, 게임 영상들을 찾아보는 걸 봤어요. 게임 하는 날이 아닌데 "아, 게임 하고 싶다."는 말을 여러 번 하는 것도 들었고요. 도가 지나치다는 생각이 들 만큼이었으니 평소와 다르다는 걸 엄마인 제가 몰랐을 리 없죠. 지적하고 교정하고 싶은 마음이 왜 없었겠어요.

하지만 아이도 스스로 느끼고 있는 거예요. 무언가 잘못 가고 있다 싶은 느낌. 아마 혼자서 제어해 보려는 노력도 해 본 모양이에요. 그런데도 잘 안 되니까 걱정이 되어 엄마에게 고민을 들고 온 거겠죠. 그렇다면 이제 난, 불안해하고 있는 아이에게 무슨 말을 해야 할지 잘 판단해야 해요.

"은성아, 왜 게임 중독이 걱정된 거야?"

"제 스스로 절제를 못 해서요."

"절제를 해 보려고 했구나. 그럼 중독 아니네."

"네? 그렇게 간단히 아니라고 할 수 있어요? 근데 결국 제어를 못 하면 중독 아니에요?"

"있잖아. 무엇에든 중독이 돼 있다면, 중독된 걸 하고 싶은 마음이 더 크지 않을까? 그걸 끊지 못할까 봐 걱정이 되거나 끊지 못하는 자신을 자책하는 게 아니라? 은성이는 지금 중독일까 봐 걱정이 되는 거지 중독됐다고 볼 순 없을 것 같아. 네 인생을 아끼고 사랑하니까 잘못된 길로 안 가고 싶고, 더 잘 살아내고 싶어서 하는 걱정인 거겠지. 이런 마음으로 걱정하는 사람은 절대 중독일 리가 없어. 엄만 걱정이 안 되네."

아이가 글썽거리고 있었어요. 꽤나 마음고생을 하고 있었나 봐요. 자신도 몰랐던 자기 마음을 엄마에게 들어서 눈물이 난대요.

"게임을 너무 하고 싶고 게임에 대해 너무 많이 생각하는 게 안 좋은 것 같아서 스스로 줄이고 조심해 보려고 하는 건 되게 대단한 거야. 게임이 얼마나 재밌는데, 그걸 참고 줄이니? 네 나이에 그런 생각만 해도 대단한 건데, 실제로 그걸 했다는 건 진짜 어마

어마하게 훌륭한 거지. 그런데 만약 진짜 해내고 싶은데, 혼자서는 힘들어서 도움이 필요할 것 같으면 엄마한테 언제든 얘기해. 엄마도 방법을 고민해 볼게."

"아니에요. 엄마, 저 괜찮을 것 같아요. 중독이 아니면 괜찮아요. 혼자 할 수 있을 것 같아요."

뭐가 괜찮다는 건지는 잘 모르겠지만, 어쨌든 은성이는 금방 표정이 밝아졌고 기분이 좋아 보였어요. 그리고 그날부터 게임 얘기를 더 이상 하지 않았어요. 무엇이 아이 마음을 바꾼 걸까요. 제가 딱히 한 건 없는데 말이에요. 전 그저 '엄만 절대 네 마음이 무너지게 내버려 두지 않을 거야. 네가 생각지도 못한 답을 해 주마.' 하는 마음으로 혹 펀치 한 방 날릴 타이밍을 기다리고 있던 것뿐이에요.

11

엄만 제 점수에
안 기쁘세요?

"엄마! 저, 이번 모의고사 대박이에요! 이것 보세요!"

지난 모의고사는 예상보다 성적이 잘 안 나왔다며 죽상이더니 이번에는 꽤 만족스러운가 봐요. 상기된 얼굴로 시험지를 들고 쪼르르 달려오는 딸내미, 이럴 때 보면 영락없는 어린애예요. 빨간색 동그라미가 몽글몽글 쳐져 있는 시험지를 불쑥 내밀고는 의기양양한 눈빛으로 배시시 웃어요. 아이의 이런 표정은 이전에도 많이 봐 왔지요. 처음 빨대컵으로 사과주스를 맛 봤을 때부터 처음 줄넘기를 성공했을 때에도. 그런데 전 어쩐지 시간이 갈수록 아이의 이런 기쁨에 함께 마냥 기뻐할 수가 없어요.

제 어린 시절이 떠올라서 그랬나 봐요. 전 항상 제 시험지나 성적표를 보는 엄마, 아빠의 얼굴을 유심히 봤었어요. 엄마, 아빠의 반응은 못마땅해하거나 만족스러워하거나, 둘 중 하나였는데 그 어느 편이어도 제 마음은 편하지 않았어요. 못마땅해하시면 만족 시켜 드리지 못했다는 마음에 죄책감이 들었고, 만족스러워하시면 다음번엔 이만큼 만족을 못 시켜 드릴 것 같아 불안했거든요. 눈동자의 흔들림, 미세한 표정의 변화, 가장 먼저 내뱉는 숨의 밀도, 구부러지는 주름의 위치, 그리고 첫마디의 말. 엄마, 아빠의 모든 움직임들 하나하나가 어린 제게 너무나 크게 다가왔어요. 아주 작은 한숨 소리에 심장이 멎을 것 같았고, 실망스러워하는 표정에 세상이 무너졌고, 창피하다는 말에 땅속으로 꺼지는 듯했어요. 올라가는 입꼬리에 나도 따라 하늘로 오르는 것 같았고, 절 자랑하는 소리에 세상이 다 내 것 같았고, 잘한다는 말에는 어깨가 산처럼 솟았어요.

아이의 '성과'에 따라 달라지는 태도만큼은 지양하고 싶었어요. 아이의 성과가 엄마에게 영향을 준다는 인식을 주고 싶지 않았어요. 이를 자연스럽게 표현하고 싶었지만 아이가 의식되는 조심스러운 마음 때문에 표정이 어색하게 굳어지더라고요. 엄마를 관찰하던 수아가 조금은 서운했는지 한마디 했어요.

좋은 엄마 콤플렉스

"엄마, 이거 보세요. 다 맞았어요! 지난번보다 엄청 오른 거예요! 엄만 제 점수에 안 기쁘세요?"

"성적 잘 나오면 엄청 뿌듯하지? 엄만 네가 그렇게 기뻐하는 걸 보는 게 기뻐. 성적 잘 나오는 건 너에게 좋은 일이니까 엄마도 좋고. 그런데 네가 공부를 잘한다는 것 때문에 기쁘고 싶진 않고, 네 점수 자체가 자랑스럽진 않아. 근데 네가 지난번에는 너무 어려웠다고 했던 이 과목을, 이번엔 어떤 방식, 어떤 마음으로 공부했길래 성적이 달라진 걸까. 그건 너무 궁금해. 어려운 과목을 끝까지 붙잡고 해내서 성취라는 걸 결국 맛본 네가 대견하고 기특해."

아이의 성과를 마음껏 축하하고 기뻐하는 엄마가 되고 싶어요. 하지만 아이의 성과 자체를 칭찬이나 자랑으로 이어 버리는 엄마가 될까 봐 두려워요. 아이가 좋은 성과가 있어야 엄마도 기뻐할 거라 생각하거나, 성과가 없을 때 엄마에게 실망거리가 됐다고 생각할까 봐요. 그 아이의 마음은 얼마나 불안할까요. 얼마나 슬프고 외롭고 또 벅찰까요.

아이들에게 알려 주고 싶어요. 넌 무언가가 되지 않아도, 무언가를 해내지 못해도, 무언가를 잘하지 못해도, 무언가가 아니어도, '그냥 너라서' 사랑스럽다는 걸. 네가 존재하는 자체가 큰 의미이고, 너의 존재 자체가 나의 자랑이라는 걸. 지금 그 모습 그대로 충분히 충분하다는 걸.

chapter 4

오은영은 아니지만

01

당연하고 익숙한 기적

육아를 버거워하면서 매일 입버릇처럼 하던 말이 있었어요.

"나, 나무늘보가 되고 싶어!"

시원한 나무 그늘에서 좋아하는 열매를 배불리 먹고, 열여덟 시간 이상 잠을 자고, 평균 시속 900미터로 이동하는 '항시 느긋해도 되는' 나무늘보 말이에요. 아무 일도 일어나지 않고, 아무것도 하지 않고, 그 누구도 날 건드리거나 찾지 말았으면 하는 바람이에요. 물론 사람이 나무늘보가 될 순 없죠. 그런데 이것이 현실적으로 가능한 한 가지 방법이 있겠더라고요. 바로 로또에 당첨되는 거요. 내 인생에 이런 '기적'이 일어나면, 내가 바라는 인생을 살 수 있지 않을까.

기적(奇·기이할 기, 蹟·자취 적)
상식으로는 생각할 수 없는 기이한 일 또는 신에 의해 행해졌다고
믿어지는 불가사의한 현상.

인생에 기적이 일어나길 바라는 이유가 뭘까. 삶에는 예상치
못한, 통제하기 힘든, 다양한 변수가 많이 일어나기 때문 아닐까
요? 제 삶을 돌아보면 그렇거든요. 평탄치만은 않았어요. 그리 화
목하지 않은 가정에서 자랐고, 학창 시절엔 학교 폭력도 당했어
요. 도피처로 택한 결혼 생활도 마음 같지 않았어요. 이혼 위기도
겪었고, 눈덩이처럼 무섭게 불어나는 빚도 경험했고요. 그 과정
들을 거치며 여기저기 몸도 아팠고, 공황장애도 앓게 됐지요.

그런데 제가 인생의 기적을 재해석하게 된 놀라운 사건을 하나
겪게 돼요. 2018년 12월 23일, 차량 폭발 사고가 났어요. 그날은
저희 다섯 식구가 교회에 다녀오던 길이었어요. 갑자기 여러 대
의 차량이 클랙슨을 요란하게 울리며 저희 차를 추월해 갔어요.
운전석, 조수석 창문을 열어 무언가 소리치면서요. "차에 불붙었
어요! 빨리 내려요!" 저희 차 옆, 뒤 시민분들이 불이 붙은 채 달리
고 있던 저희 차를 발견하고 알려 주신 거예요.

남편이 차를 세우려고 보니 브레이크도, 핸들도 먹히지 않는다는 거예요. 얼마나 아찔했는지 몰라요. 힘으로 핸들을 꺾어 길가에 가드레일 몇 개를 박고서야 간신히 차를 멈출 수 있었어요. 조수석 문을 열어보니 발밑에 시뻘건 불이 활활 타오르고 있었어요. 아찔해진 정신에 굳어진 몸을 겨우 추슬러 차에서 겅중 내렸어요. 그 후 한 2, 3초쯤 지났을까. 펑 하고 굉음이 울리면서 차가 폭발했어요. 다리가 풀릴 만큼 정말 큰 소리였어요. 폭음과 함께 유리창 파편은 사방으로 튀고, 까만색 차의 페인트, 타이어, 시트까지 다 타 버려서 하얀 골조만 남은 아주 큰 사고였어요.

사고 조사 나오신 형사님과 과학수사 대원분들이 물으시더라고요. 이 정도 폭발은 규모가 상당히 큰 건데, 혹시 테러를 당할 만큼 원수진 일이 있으시냐고. 엄청 착하게 살진 않았어도 이렇게 폭탄 테러를 당할 만큼 나쁘게 산 것 같진 않은데 말이에요.

사고란 건 말 그대로 예상치 못한 날, 흔치 않은 확률의 불행한 사건이죠. 가까운 지인들이 사고 소식을 듣고 이렇게 말씀하시더라고요. 그 큰 사고에 아무도 안 다치고 살아난 게 기적이라고요. 그 말을 들을 땐, "그러게 말이야. 진짜 다행이지." 하고 호응했는데, 생각할수록 좀 이상한 거예요. 살면서 크고 작은 사건 사고가 일어날 가능성은 너무나도 크잖아요. 오늘, 지금, 바로 이 순간에도요. 이 큰 사고에 무사한 게 기적이라면, 우리가 매일을 무사히 살아가는 것 자체가 엄청난 기적이 아닐까, 이 기적이 매일 반복돼서 기적인 줄 모르고 너무도 당연하게 여기고 있는 건 아닐까. 가끔 이렇게 우리 인생에 또는 우리 주변에 일어나는 예상치 못한 변수들은 '일상에 이미 깃들어 있는 기적'을 발견하라는 하늘의 뜻 같은 게 아닐까 하는 생각을 했어요.

✦　✦　✦

12월 23일, 그날을 '생존 기념일'로 정했어요. 그날엔 가족 모두 모여 소소한 집밥을 먹으면서 살아 있다는 것에 대한 의미를 되새겨요. 당연하고 익숙해서 놓치고 있는 감사는 없는지 반성도 하고요.

어느 생존 기념일에 아이들이 이런 말을 했어요.

"엄마, 전 감사할 게 없어서 감사를 못 한다고 생각했거든요?

그런데 아무리 짜증 나고 힘든 날에도 최소 몇 가지는 감사할 게 있더라고요. 감사할 게 없었던 게 아니라, 감사할 줄 몰라서 못 했었나 봐요."

얼마 전 생존 기념일엔 이러더라고요.

"엄마, 생각해 보니까 사실 생존을 기념하는 건 사고 났던 날만 할 게 아니라, 매일 해야 하는 거 아닐까요?"

차 하나 잃고 많은 걸 얻은 거예요. 그 일이 아니었다면 결코 알지 못했을 것들이요. 차량 폭발 사고가 났던 그날도 기적은 있었어요.

지금 이 순간 무사히 살아있는 게 기적이라면, 기적이 일어나지 않는 인생은 없는 거죠. 이 관점으로 내 삶을 다시 한번 돌아봤어요. 평탄치만은 않던 내 인생, 그 속에도 기적이 있을까. 돌아보니, 그 괴로웠던 시간 속에도 기적이 있었더라고요.

불행했기에 행복을 꿈꿨어요. 처절히 원했던 만큼 행복을 이루기 위한 고단함을 얼마든지 감당할 수 있었어요. 몸부림치던 그 시간 동안 저는 이전의 나보다 훨씬 훌륭한 나로 성장했고, 내 마음에 드는 나로 살아가게 됐어요. 지킬 만한 가치가 있는 것들을 지킬 수 있는 힘이 생겼고, 지금의 행복을 소중히 여길 수 있는 사람이 됐어요. 불행이 만든 강인함이에요.

대체 내 삶의 의미는 뭐길래 그렇게도 고통스러운 인생을 살아야 했던 걸까. 그 의미를 찾고 싶다는 생각으로 의미치료 상담 공부를 시작했어요. 가족 상담사 자격증도 땄고요. 그렇게 지금 전 심리상담가의 길을 걷고 있답니다. 겪어본 사람보다 공감을 잘할 순 없잖아요. 가정 학대, 학교 폭력, 이혼 위기, 재정위기, 공황장애 등 제가 겪었던 아픔들이 이제는 스펙이 돼 버렸어요. '상처 입은 치유자'가 되고 싶어요. 누군가의 상처를 가슴 깊이 공감하고 위로하는 따뜻한 상담가가 되고 싶어요. 고통이 없었더라면 시작조차 꿈꾸지 못했을 거예요. 그때는 몰랐지만, 지금은 알게 된 거예요. 내 인생, 그 고통이 기적이 됐다는걸요.

인생의 고통이나 사고 자체가 좋은 일은 결코 아니지요. 절대 반갑거나 환영할 일도 아니고요. 하지만 지나고 보니 그 속에도 기적은 있었어요. 인생이 너무 괴로워서 힘들 때, 도무지 이해되지 않는 고통 속에서 삶의 의미를 찾아 헤매고 있을 때, 내 아픔과 슬픔은 끝이 없는 것 같아 절망 속에 있던 그때에도 기적은 있었어요. 그때는 미처 알아채지 못했지만요.

저처럼 초라하고 평범하고 고통밖에 없다고 여겼던 인생에도 발견된 기적이 있다면, 모든 인생에 기적이 있는 게 분명해요. 모든 인생에는 '발견될 기적'이 반드시 있어요. 지금 겪는 고통이 새로운 의미를 찾는 그 기적의 날이 올 때까지 포기만 안 하면 돼요. 기적이 없는 인생은 없거든요.

"나를 죽일 수 없는 고통은 나를 더욱 강하게 만든다."

– 니체

02

엄만 꿈이 뭐예요?

"엄만 꿈이 뭐예요?"

올해 열여덟 살 된 첫째 딸의 질문이었어요.

사실 좀 당황스러웠어요. 제 나이에도 품고 있는 꿈은 있지만, 어른이 된 저에게 누군가 꿈을 묻는다는 건 생소한 일이잖아요. 그런데 문득 생각지도 못한 질문이 제게 던져졌던 거예요. 당황한 마음을 애써 감추면서 대답했어요.

"음… 좋은 엄마, 좋은 어른 되는 거."
"그럼 엄만 이미 꿈을 이루셨네요. 전 엄마 같은 엄마가 되고 싶거든요."

심쿵. 그 말을 듣는 순간 정말 심장이 쿵 떨어지는 듯했어요. 좋은 의미로요. 한창 사춘기 시절을 지나고 있는 딸이 나의 꿈을 궁금해할 줄은 몰랐어요. 게다가 그 생경한 질문에 저렇게 감동적인 답변을 들을 줄은 더더욱이요. 아마도 평생 기억에 남을 것 같은 딸아이의 말이었어요.

그 말을 듣는 순간 깨달았어요. 이 또한 내가 오랫동안 품고 있던 꿈이었다는 걸. "엄마 같은 엄마가 되고 싶다."는 아이의 말은 내 지난 모든 시간을 값지게 만들어 주는 보상이었어요. 많이 뭉클하고 더없이 벅찬 날이었어요.

좋은 엄마 하기를 포기했더니 아이들이 저더러 좋은 엄마라고 해요. 좋은 엄마의 기준은 없었어요. 그저 좋은 엄마의 조건이 단 하나 있을 뿐이었어요. 내 눈엔 내 새끼가 최고로 예쁜 것처럼, 내 아이에게 유일한 엄마인 오직 나만이 내 아이에게 가장 완벽한 엄마였던 거예요.

한편으로는 아이의 말을 듣는 순간 기억이 거꾸로 거슬러 올라가기도 했어요. 항상 어둡고 시리던 어릴 적 기억들. 솔직히 아직도 제 어린 시절에 대해 감사까지는 못하겠어요. 하지만 이제 그런 생각은 들어요. "그 아픔을 내가 겪어서 다행이다."

겪어 봐서 알게 된 아픔 때문에 더 조심할 수 있었어요. 그 고통의 크기를 알기에 뼈를 깎는 몸 사림을 할 수 있었어요. 그 덕에 제가 아는 그 아픔을 아이들에겐 안 물려줄 수 있었잖아요. 그리고 이제 많이 자란 우리 아이들이 내 모든 시간을 다 아는 듯, 마치 이 말을 듣기 위해 내가 살아온 듯 이토록 뜨거운 위로를 건네주고 있잖아요. 우리 딸이, 엄마 같은 엄마가 되고 싶대요. 우리 아들이 엄마 같은 아내랑 결혼하고 싶대요. 우리 아이들이 이 다음에 결혼하면 우리 집 같은 가정을 꾸리고 싶대요. 이만하면 저, 진짜 잘 산 거 맞죠?

좋은 엄마, 이뤄질 수 없을 것 같던 꿈이 이뤄졌어요.

03

학습 진도 말고,
마음의 진도

제 육아 방식이 정답은 아니에요. 아이 셋을 길렀다고 오은영 박사님처럼 전문가가 되는 것도 아니고요. 하지만 꼭 추천하고 싶은 게 하나 있어요. 홈스쿨링을 하면서 가장 잘했다 싶은 것인 데요. 바로 아이들과 일대일의 시간을 갖기로 한 거예요. 거의 온 종일 집에서 엄마와 붙어 있고 우린 대화를 꽤 많이 하는 편인데 도 아이들은 엄마와의 시간이 늘 고픈가 봐요. 그래서 날을 정해 아이들 한 명, 한 명과의 시간을 보내기로 했어요.

첫째, 슬로우 리딩을 진행했어요. (이건 엄마표 수업 성공 케이스예요.) 쉽게 말하자면 '삼천포 정독'이라고 할 수 있는데, 책 한 권을 아주 꼼꼼히 읽는 수업이에요. 읽다가 꽂히는 주제가 있으면 옆길로 샜 다가 오기도 하고요. 아이들 각자 성향에 맞는 책 한 권씩을 골라서 일주일에 한 번씩 일대일로 수업했어요. 눈을 맞추고 생각을 이야기하고 묻고 답을 하다 보면 아이들이 궁금해하는 깊이가 달라지고 관심사가 옮겨 가는 게 보여요. 아이들의 마음이 자라고 시야가 넓어지고 생각이 깊어지는 게 느껴져요. 그걸 보고 느끼는 엄마의 마음은 벅차도록 뿌듯하고 흐뭇해요. 아이가 커갈 때 몸무게가 늘고 키가 크는 걸 보는 것도 참 기쁘고 행복했는데, 아이의 내면이 자라는 걸 보는 건 그에 비교할 수 없는 기쁨이에요.

둘째, 일주일에 한 번씩 일대일 데이트도 하고 있어요. 그날은 아이들이 짠 코스대로 함께 시간을 보내요. 같이 손잡고 길을 걷고, 이어폰을 나눠 끼고 같은 노래를 듣고, 맛있는 음식도 먹고, 같이 책 읽고, 영화도 보고, 어쩔 땐 실컷 게임도 하고, 마주 보고 앉아 얘기를 나누며 깔깔 웃기도 해요. 그 시간엔 온전히 아이에게만 집중할 수 있어요. 나의 20대와 점점 닮아 가는 딸도, 나보다 훨씬 커져 버린 아들도, 이제는 소년티를 벗고 있는 막내아들도 여전히 '작은 내 아이'로 보이는 시간이에요.

아이가 어렸을 때 선배 엄마들이 하는 말 중 가장 무서웠던 말이 있었어요. '자식들 사춘기가 부모 성적표'라는 말이에요. 사춘

좋은 엄마 콤플렉스

기가 되면 어릴 때와 많이 달라진다는 전제로 했던 얘기 같아요. 지금 우리 아이들은 18세, 16세, 14세 '사춘기 적령기'를 보내고 있어요. 하지만 아이들이 어렸을 때나 지금이나 우리의 관계에서 변한 건 없어요. 여전히 아이들은 엄마와 함께 있는 시간을 좋아하고 엄마가 안아 주는 걸 좋아하고 엄마의 얘기 듣는 걸 좋아해요. 정말 다행이고 감사한 일이에요.

아이들과 제가 잘 맞는 스타일이어서는 결코 아니에요. 우린 성향이 완전 달라요. (안 맞아요.) 함께하기엔 서로 불편할 수 있는 성향들이에요. 그런데도 함께하는 게 좋은 이유는, '내 마음을 알아줘서'인 것 같아요. 내 '진심'을 알아주고 믿어 준다는 것. 그건 어디에서도 얻을 수 없는 든든함이거든요.

"네가 그럴 애가 아니잖아."
"엄마가 그럴 분이 아니라고 생각했어요."

"네가 그랬다면 뭔가 이유가 있었겠지."
"엄마가 그렇게 말씀하시는 덴 이유가 있으시겠죠."

아이들과 제가 자주 주고받는 말이에요.

전, 아이들에게 '내 마음을 알아주는 사람'이 되고 싶어요. 학습을 얼마나 했고 앞으로 얼마나 더 공부해야 하는지보다 아이들의 마음이 어디까지 가 있고, 어디에서 멈춰 있는지 아는 그런 엄마가 되고 싶어요.

좋은 엄마 콤플렉스

04

눈에 넣어도
안 아프다는 말

아이를 낳아 기르며 제일 힘든 것은 오히려 사소한 것들이었어요. 자고 싶을 때 자고 싶은 만큼 못 자는 것, 식사다운 식사를 편히 앉아 하지 못하는 것, 심지어 화장실 한 번을 마음 놓고 다녀오지 못하는 것 등이 쌓일 때면 퇴근한 남편을 붙들고 울분을 토하곤 했어요. 그렇게 푸념과 짜증을 쏟아놓고 나면 여지없이 마음한구석에 죄책감 같은 게 스멀스멀 올라오는 거예요. '나는 엄마하기 글렀어!' 하면서요.

특히 첫째를 양육할 때는 '빨리 커라, 얼른 자라라.' 속으로 간절히 빌면서 키웠던 것 같아요. 아주 조그만 생명체, 제 힘으로 아무것도 할 수 없는 아이를 볼 때마다 얼마나 부담스러웠는지 몰라요. 나조차 나를 감당할 수 없는데 온전히 나만 바라보고 있는 아이라는 존재는 버거움, 그 자체였거든요.

"눈에 넣어도 안 아플 내 새끼들." 아무리 비유라 해도 도무지 납득을 못 하던 말이었어요. 눈에 무언가 가까이 다가오면 눈꺼풀이 덮이는 게 본능이건만, 눈에 무언가를 넣는다니. 애초에 불가능한 가정을 왜 하는 거며, 그러니 그게 얼마만큼인지 가늠할 수 없다는 게 저의 논리였어요.

그런데 아이를 낳아 기르면서 '눈에 넣어도 안 아플'이란 표현의 온전한 의미를 알게 됐어요. 얼마나 낭만적이고 합리적이며 또 얼마나 적확한 표현인지! 남들 눈엔 그게 그거 같아 보여도 부모의 눈엔 아이의 매 순간이 새로워요. 어느 때엔 슬로 모션처럼 보이는 때도 있어요. 아이의 처음 보는 표정들이 그렇고, 첫 말들이, 처음 하는 몸짓들이 그래요. 아마도 아이의 어떠함을 내내 기억하기 위함이지 않을까 싶어요. 아이를 바라보는 내 눈에 아이의 형상이 비쳐요. 내 눈에 아이가 박혀요. 말 그대로 내 눈에 아이가 들어오는 거예요. 그렇게 아이를 시종 눈에 두고 있어도 아깝고 아쉬워요.

나만 바라보는 아이에 대한 부담감은 버거운 채로만 머물러있지 않았어요. 부담감은 감격이 됐고, 김격은 책임감이 됐어요. 책임감으로 반복한 일들은 익숙해졌어요. 마치 제가 타고난 모성을 갖춘 사람으로 보일 만큼요.

여성이 어머니로서 가지는 정신적, 육체적 성질 또는 본능을 모성이라고 한다지요? 자식에 대한 어머니의 본능적인 사랑을 모성애라고 하고요. 모성의 의미를 글로 표현한다면 정확한 말이지만, 저는 모성을 천편일률적으로 징의 내릴 수 없다고 생각해요. 한 사람이 나로서 존재하는 데에는 각 사람마다 다른 서사를 가지는 것처럼, 모성 역시 각 사람만의 서사와 의미로 고유하고 다양한 모습을 갖게 될 테니까요. '본능'이라는 말 때문에 모성은 마치 타고난 덕목 같아 보여요. 하지만 저는 모성은 타고나는 것이 아니라 길러지는 것이라고 생각해요. 노력하고 배워서 완성해 가는 것이라고 말예요.

타고난 모성애가 없어도 괜찮아요. 예쁨을 받아본 적이 없어도 괜찮아요. 지금 나의 사랑이 부족해도, 내가 생각하는 정도에 훨씬 못 미쳐도 괜찮아요. 부담감으로든 감격으로든 책임감으로든,

좋은 엄마 콤플렉스

나의 아이를 위해 매순간 최선이라 믿는 선택을 하고 또 후회를 통해 더 나은 길을 배우며 나아가는 것, 그게 진정한 모성이에요.

그저 사랑스런 아이를 눈에, 품에 더 많이 넣고 담아요. 결국 우리는 변하고 변하여 끝내 다시, 더 나은 우리가 될 테니까요.

05

이기적인
육아를 하세요

저는 결혼 후 쭉 전업주부로 지내왔어요. 그러는 동안 참 많이 버거워하면서 많이도 울었어요. 엄마 노릇은 왜 이렇게 힘든 걸까요? 육아하고 살림하는 건 물리적으로 힘들기도 하지만, 사실 마음이 힘든 게 더 큰 어려움이에요. 매일 똑같이 반복되는 그 일의 '의미'를 발견하지 못해서요.

한창 육아로 힘들 때 그리고 남편이랑 다툴 때면 '지금 내가 밥하고 청소하고 빨래하고 애들 돌보는 걸 돈으로 환산하면 얼마나 될까? 이걸 누가 시급 쳐서 돈으로 준다고 하면 얼마나 좋을까? 그럼 이렇게까지 진 빠지진 않겠다.' 하는 생각을 하곤 했어요. 돈으로 가치를 매기는 세상에 살다 보니 그럴듯한 타이틀이나 혹할 만한 연봉이 없으면 무가치한 것이라 치부되기 쉬운 것 같아요.

돈이 내가 하는 일의 가치를 정해 준다고 생각하기 때문이지요.

　제가 육아하고 살림하는 것에 대해 그렇게 불평하고 힘들어했던 건, 돈으로 값을 매길 수 있는 것만이 가치 있다고 생각한 기준 때문이었어요. 또 제가 하고 있는 일이 얼마나 고귀한 의미를 갖고 있는지 미처 몰랐기 때문이었고요. 내 삶의 의미, 내가 하는 일의 가치를 나만의 기준으로 판단한 것이 아니라 사람들이, 세상이 정해 둔 외부의 기준대로 판단했던 거예요.

　전 의미 부여하는 걸 상당히 좋아해요. 아니, 모든 일에는 의미가 있다고 믿어요. 아무런 의미가 없다고 여긴 일도 지나고 보면 꽤 큰 의미로 다가오기도 하고, 의미를 부여한 일에는 더 큰 의미가 생기기도 하잖아요. 지루하고 따분한 육아나 살림이야말로 의미 없게 보이는 일들 투성이지만, 매 순간, 매 시간, 내가 하는 모든 행위에 의미를 부여해 보자 마음을 먹었어요. 내게 유익하고 유리한 쪽으로. 말하자면 '이기적으로' 생각해보기로요.

　이기심이라고 하면, '자기밖에 모르는'이라는 뜻풀이가 제일 먼저 떠올라서 부정적으로 인식하기 쉬운데, 전 한자 그대로를 풀

이하고 싶어요. 이기(利·유익하게 할 이, 己·자기 기)는 '자기를 이롭게 하다'라는 뜻으로 해석할 수 있어요.

이 이기심을 저는 '사명감'이라고 부르기도 해요. 사명감과 이기심이 어떤 면에서 비슷하다고 생각하거든요. 사명감은 내가 하고 있는 일을 나만이 할 수 있는, 나를 필요로 하는, 내가 있어야 할 자리라고 믿는 마음이에요. 사명감으로 내 자리를 지킬 수 있는 건, 내 자리에서 겪는 고통도 즐거움도 모두 내게 좋은 일이 될 거란 믿음이 있기 때문이에요. 한마디로 사명감은 내게 유익한 것을 감당하는 마음이에요. 사람은 항상 조건적이잖아요. 나에게 유익이 없으면 움직여지지 않죠. 사명감이야말로 나를 이롭게 하는, 내게 유익한 '이기적인' 것이라고 생각해요.

모니카페트의 『행복한 청소부』라는 책에 이런 구절이 있어요.

"그 아저씨는 행복했다.
자기가 하는 일을 사랑하고
자기가 맡은 거리와 표지판들을 사랑했다."*

* 모니카페트(김경연 번역), 『행복한 청소부』 풀빛, 2016.

또 사명감은 내가 있는 자리, 내게 맡겨진 일들을 사랑하고 더 잘 해내고 싶은 마음이에요. 사람만이 할 수 있는 고결하고 의미 있는 생각이지요. 우리는 사회를 더 낫게, 정의롭게 만드는 일을 사명감으로 감당하는 분들을 볼 때 멋있다고 생각하고, 반대로 사명감 없이 일하는 사람들을 볼 때 실망하잖아요. 그런데 문득 이런 생각이 들었어요. 사명감이라는 것, 특정 직업에만 요구되는 게 아니라 어쩌면 우리 모두가 살아가며 가져야 할 정신이 아닐까.

그런 의미에서 전 살림과 육아를 '나를 이롭게 하고 나를 위하는' 것으로 대해 보기로 한 거예요. '가정을 꾸리고 아이를 돌보는 이 엄마의 자리가, 지금 내가 있어야 할 자리가 맞다면, 내게 좋을 점이 있겠지. 나에게 유익한 점이 뭔지 찾아보자.' 이런 마음으로요.

'그렇게 버겁던 정리 정돈까지 잘하게 되면 난 이전보다 훨씬 나은 사람이 될 거야.'
'얘가 아프니까 품에서 떨어지려 하질 않네. 팔 근육 생기겠는걸.'
'내 새끼가 아니면, 내가 언제 누구를 이렇게 참아 주고 기다려 주겠어. 인격 수양은 되겠네.'

좋은 엄마 콤플렉스

내가 하는 일의 고상한 의미도 스스로 찾아보기로 했어요. 살림이란 말의 정확한 어원은 잘 모르겠지만, 살아가는 데 필요한 일이 아닐까 싶어요. 청소하고, 빨래하고, 밥해 먹이고, 씻기고, 마음을 돌보는, 사람을 살리는 일이요. 또 육아하는 엄마의 자리는 사실상 영양학사, 의사, 요리사, 교육컨설턴트, 공간디자이너, 재무관리사, 교사, 심리상담가, 기타 등등 전방위적인 전문가가 될 수 있는 자리예요. 이 가정의 주부로서, 내 아이들의 엄마로서 이 자리는 가족을 살리는 자리, 내 모든 연약함을 보완하고 발전시킬 수 있는 자리, 나 외에는 대체 불가능한 '내 자리'인 거지요.

전업주부라는 사실이 당당해졌어요. 전업주부는 다른 직업에 종사하지 않고 집안일만 전문으로 하는 주부를 뜻해요. 주부라는 말의 사전적 의미는 '한 가정의 살림살이를 맡아 꾸려 가는 안주인'이고요. 사명감으로 받아들인 살림과 육아는 저를 '돈 한 푼 못 벌고 살림만 하는 여자'에서 '대체 불가능한 이 가정의 전업주부'로 바꿔 놓았어요. 내게 유리하고 유익한 쪽으로 정체성을 재확립하게 된 거예요.

때로는 이런 마음가짐에도 불구하고, 한계에 북받쳐 짜증만 나

217

는 때도 있어요. 그렇게 무너지고 폭발하고 자괴감이 들 때에도 '이기적인 마인드'를 장착해야 해요. 내가 있는 자리, 내가 하는 일, 내 존재 자체의 의미나 가치가 훼손되지 못하도록.

'사람이 어떻게 한결같이 정비례 성장만 해? 인간미 없게! 괜찮아, 괜찮아. 내가 이 포인트가 좀 약한가 보네. 잘 체크해 두지, 뭐. 장기적인 시각으로 볼 때 결국은 우상향 성장이지!'

엎치락뒤치락하지만 그때마다 버틸 수 있고 마음을 새로고침 할 수 있는 힘은 '이기적인 사명감'으로부터 생겼어요. "좋은 엄마가 되겠어!" 같은 목표를 가졌던 처음 과정은 시행착오였어요. 누군가에게 보이기 위한 목표였고, 내 연약함을 질책만 하는 목표였기에 진정으로 나를 위하는, 내게 유익한 게 아니었으니까요. '이기적인 육아'는 엄마인 나에게 유익한, 나 자신을 위한 것이어야 해요. 나를 잃지 않을 뿐더러, 나다움을 더욱 찾을 수 있고, 나다움을 더욱 드러낼 수 있는 것이어야 해요. 내게 가장 편하고 자연스러운 것이어야 해요. 엄마인 내가 자유로워야 아이도 여유로운 사랑으로 품을 수 있어요.

좋은 엄마 콤플렉스

"진정한 사랑은 자신을 다시 채우는 것이다.

내가 다른 사람의 정신적 성장을 도울수록

내 자신의 정신적 성장도 더욱더 촉진된다.

나는 완전히 이기적인 인간이다.

나는 절대로

다른 사람을 위해서 무엇인가를 해주는 것이 아니라

나 자신을 위해서 하는 것이다."[*]

– 모건 스콧 펙,

『아직도 가야 할 길』 중에서

그렇게 '이기적인' 육아를 했더니, 아이를 키우면서 제가 컸어요. 육아(育·기를 육, 兒·아이 아)하면서 육아(育·기를 육, 我·나 아)한 셈이랄까요. 또 비로소 엄마 노릇을 기꺼이, 즐겁게 할 수 있게 됐어요. '좋은 엄마 같은 나'를 추구하며 동동거리던 것에서 벗어나 '나 같은 엄마'를 하게 됐으니까요. 결과적으로 이기적인 육아는 '내 마음에 드는 나'로 성장시켰어요.

돌아보니 저는 결국 완벽하게 이기적인 육아를 하게 됐을 때

* 모건 스콧 펙(최미양 번역), 『아직도 가야 할 길』, 율리시즈, 2011.

'좋은 엄마 콤플렉스'에서 벗어나, '진짜 좋은 엄마'가 됐어요. 육아의 목표가 자녀의 독립이라고들 하는데요. 저는 거기에 '엄마의 성장'을 더하고 싶어요. 아이의 몸, 마음, 생각뿐만 아니라, 엄마의 그것들도 함께 자라는 성장 말이에요.

우리, '나 같은 엄마'가 되어 '이기적인 육아'를 하자고요. 내가 하는 일에 스스로 가치를 두면서, 내 가치를 외부 요인으로 매기지 않겠다고 결정하고 선택하면서 말예요.

06

육아, 과거도 미래도
바꿀 수 있는 힘

"마음이 우울하다면 당신은 과거에 살고 있는 것이고,
마음이 불안하다면 당신은 미래에 살고 있는 것이다.
마음이 평온하다면 당신은 현재에 살고 있는 것이다."

– 노자, 『도덕경』

과거에 매여 있으면 '그때 왜 그랬을까.' 후회하며 자책하느라 마음이 우울해져요. 미래에 묶여 있으면 '대체 뭘 어떻게 하지.' 걱정하고 염려하느라 마음이 불안하고요. 평온한 마음으로 살기 위해선 지금, 여기에 집중하며 현재를 살아야 한대요.

하지만 정말 쉽지 않아요. '현재에만 집중해야지!' 마음먹은 대로 생각할 수만 있다면 문제없겠지만, 사람 마음이 어디 맘대로

좋은 엄마 콤플렉스

되나요. 사람은 있었던 일에 영향받지 않을 수 없고, 불확실함에 대해 걱정하지 않을 수 없지요.

심리학에 '내면아이'라는 개념이 있어요. 어린 시절의 주관적인 경험과 부모의 양육 태도를 바탕으로 형성된 어떤 한 객체에 존재하는 아이의 모습을 말해요. 내면아이는 과거의 어느 한순간에 얼음처럼 굳어져 그때의 감정과 본능대로 선택하고 행동하면서 현재의 나에게 지속적으로 영향을 미쳐요. 어린 시절 상처가 건드려지거나 오버랩될 때면 내면아이가 불쑥 뛰어나와 미성숙한 반응을 하거든요. 해결되지 않은 상처는 그렇게 나의 현재에 영향을 끼치고, 영향받은 나의 현재는 고스란히 나의 미래가 되지요.

"어린 나는 평생 동안 내 안에서 살아간다."

– 지그문트 프로이트

내 과거에 묶여 있는 내면아이의 어떠함이 평생 영향을 끼친다는 점은 절망적이라는 생각을 했었는데요, 육아를 하면서 깨닫게 된 사실 덕분에 희망이 생겼어요. 아이는 반드시 자란다는 것과 그 아이와 더불어 엄마인 나도 함께 자라나는 게 육아라는 것. 그리고 엄마인 내가 성장할수록 아이와 세상을 품어낼 힘과 지혜도 자란다는 것.

내면아이도 육아의 관점으로 해석할 수 있어요. 성인이 된 지금의 나는 내 속의 내면아이를 잘 돌보고 키울 수 있을 만큼 자랐어요. 과거에 보호가 필요하고 채움이 필요했던 나의 내면아이는 성인이 된 현재 '나'의 도움을 받으면 돼요. 그 아이는 필요했던 돌봄을 받고 반드시 잘 자랄 것이고 무한한 잠재력과 가능성을 펼칠 수 있어요.

내 아이를 키우면서 자라지 못한 나의 내면아이도 함께 키워요. 내 아이를 따뜻하게 바라보고 사랑하는 마음으로 보듬어 주듯, 내 속의 아이에게도 그런 다정함을 주면서요. 그러면 육아를 하며 나의 과거를 바꿀 수 있어요. 과거에 일어났던 일 자체는 변하지 않지만, 현재의 내가 과거를 의미 있게 저장함으로써 과거를 바꿀 수 있는 거예요. 그렇게 재해석된 과거를 품고 살아가는 현재의 나는, 수 대에 걸쳐 반복되고 되풀이할 수밖에 없는 운명의 미래를 뒤엎을 수도 있어요. 육아를 하면서 내 미래도 바꿀 수 있는 거예요.

육아에는 그런 힘이 있어요. 그런 절박한 소망과 바람이 있어요.

07

내겐 너무 '슬펐던'
빨강 머리 앤

제 별명은 '앤영'이에요. 세계 명작 『빨강머리 앤』의 주인공, 바로 그 '앤'을 따온 말이지요. 생각이 어디로 튈지 모르겠고 상상력의 범주가 '앤급'이라며 지인들이 붙여 준 별명이에요. 저는 문제가 생기면 꼭 제 탓같이 여기는 성정이라 상황이 꼬이면 스스로 해결해야만 직성이 풀리는 스타일인데요, 이게 다른 사람들 보기엔 꼬인 상황마저 긍정적으로 직시하고 풀어 가는 것으로 보인대요.

사실 처음엔 그리 반기지 못했던 별명이에요. 어릴 때부터 전 『빨강머리 앤』 이야기를 싫어했거든요. 앤의 긍정적인 말들과 상상의 말들이 힐링 명언이라고들 하는데, 전 앤의 모든 말들이 너무 슬픈 거예요.

좋은 엄마 콤플렉스

"전 이 드라이브를 마음껏 즐기기로 작정했어요.

즐기겠다고 결심만 하면,

대개 언제든지 그렇게 즐길 수가 있어요!"

"생각대로 되지 않는다는 건 정말 멋져요.

생각지도 못했던 일이 일어나는걸요."*

— 『빨강머리 앤』 중에서

예컨대 입양된다는 소식을 듣고 기뻐하다가, 그 가정에서 원했던 '남자아이'가 아니라는 이유로 고아원에 다시 되돌아가야 하는 상황에 이렇게 아이답지 않은 말을 하잖아요. "이 드라이브를 즐기겠다고 작정했다."는 말을 굳이 내뱉는 앤의 그 마음이 어떤 건지 너무 알 것 같더라고요.

너무 슬프지만 슬퍼해 봤자 내 슬픔을 알아주고 위로해 줄 사람이 없다는 걸 이미 알고 있기 때문에, 힘들어하고 슬퍼한들 날 위해 상황을 바꾸거나 날 지켜 줄 사람이 없다는 걸 너무 잘 알고 있기 때문에, 더 비참해지지 않기 위해서 긍정을 택하는 경우도

* 루시 모드 몽고메리(김경미 옮김), 『빨강머리 앤』, 시공주니어, 2015.

있거든요. 아니, 더 정확히는 어려운 상황에서 긍정을 택한 게 아니라, 그것 외에 달리 할 수 있는 게 없는 거예요. 그렇게 하지 않으면 너무 슬프고 우울해서 살 수가 없을 것 같으니까요. 어떻게든 살아야 하니까.

> "나는 마음껏 기뻐하고 슬퍼할 거예요.
> 이런 날 보고 사람들은 감상적이라느니,
> 감정을 조절하지 못하고 표현한다고 수군거리겠지만
> 나는 삶이 주는 기쁨과 슬픔, 그 모든 것을,
> 아무리 작은 것이라 해도
> 마음껏 느끼고 표현하고 싶어요."[*]
>
> –『빨강머리 앤』중에

성인이 된 이후에 『빨강머리 앤』 완역서를 구매했어요. 그런데 책을 읽으면 매번 어느 포인트를 넘기지 못했어요. 예닐곱 번쯤 완독을 시도해 봤지만 꼭 '그 자리'에서 책을 덮을 수밖에 없었지요. 제 자신을 너무 깊이 투영해서인지 더 보기 싫던 앤, 그래서 그토록 더 슬프게 느껴졌던 앤. 하지만 전 앤의 결말이 해피엔

---

[*] 루시 모드 몽고메리(김경미 옮김), 『빨강머리 앤』 시공주니어, 2015.

좋은 엄마 콤플렉스

딩이길 내심 바라고 응원하는 마음이었어요. 끝내는 앤이 외롭지 않은 사람이길, 그리고 앤의 고백대로 끝까지 그녀 자신의 고유한 성정을 그대로 간직하며 살아가길. 맞아요. 제가 그녀의 행복을 더 바랐는지도 몰라요. 그렇지만 그 기대대로 되지 않을까 봐 겁이 났어요. 어쩌면 그래서 전 그 이야기를 끝까지 볼 수 없었는지도 모르겠어요.

✦ ✦ ✦

'너무 어두운 이야기는 안 하는 게 맞아.' 그렇게 판단 내리고 살아왔어요. 제가 겪었던 너무 슬픈 이야기, 너무 힘든 이야기를 털어놓을 때면 어찌 반응해야 할지 몰라 쩔쩔 매는 듯한 사람들의 반응을 여러 번 봐 왔거든요. 그러면 저도 화들짝 미안해져 버렸고요.

원고를 쓰면서 여러 번 멈칫거렸어요. 몇 번이나 원점으로 돌아가 원고를 다시 고치고 뒤엎었어요. 이렇게 적나라하게 내 이야기를 써도 될까. 학습된 두려움 때문이었어요. 그때마다 전 왜인지 『빨강머리 앤』 책을 펼쳐 들었어요. 클래식한 표지에, 적당한 두께감이 있는, 앤이 성장한 이후 이야기까지 담겨 있는 세 권의 책을 말이에요.

그러던 어느 날이었어요. 여러 번이나 막혀서 넘기지 못했던 '그 부분'이 아무렇지 않게 넘어가는 거예요. 그날도 여느 때처럼 딱 '그 부분'에서 눈뿌리가 뻐근해지며 눈물이 차오르긴 했지만요. 그렇게 무겁던 책장이 너무 쉽게 넘겨져서 제가 더 놀랐던 그날이 앞으로도 한동안 선명한 기억으로 남을 것 같아요.

『빨강머리 앤』은 결국 희망에 관한 이야기가 맞았어요. 누구에게든 버림받을까 봐 두려워하고 사람 마음 때문에 많이 슬퍼하던 아이, 조급해 보이고 불안해 보이고 참 많이 외로워 보이던 아이, 잘 알지도 못하는 어떤 따뜻함이 막연히 너무나 고파서 항상 최선을 다해 기를 쓰고 열심이던 불쌍한 아이. 하지만 늘 진심 어린 친절함과 꺾이지 않는 기대감으로 사람을 대하던 앤. 앤을 알게 되는 사람들은 모두 앤에게 물들듯 스며들듯 결국 그녀를 좋아하게 되지요. 마침내 앤이 상상하고 꿈꾸던 일들, 좋아하고 잘할 수 있는, 하고 싶던 일들이 다 이뤄지기도 하고요. 여전히 밝고, 날이 갈수록 더 좋은 사람이 돼 가는 앤을 보면서 희망을 얻었어요.

'아팠던 과거도 참 가치 있는 일이구나.'

'그 시간들도 내가 더 행복해지는 데 방해가 되는 것만은 아닐 수 있겠구나.'

상처 있는 삶이 부끄러운 삶은 아니라는 걸 알게 됐어요. 없던 일이 될 수 없는 아픔까지 포함하여 지금의 '나'라는 것도요. 지워버리고 싶은 과거라도 '나의 시간'이었음을 인정하게 된 거예요.

이제 더 이상은 슬프게만 느껴지지 않는『빨강머리 앤』. 하지만 제가 그랬듯 여전히 비련의 주인공으로 남아 있는 수많은 '앤'들이 이 세상에 얼마나 많을까요. 가슴 한구석에 시린 순간 하나 없는 사람은 없을 거예요. 그 속에 아픔은 없던 일이 될 수 없을 거고요. 잊으려 할수록 잊히지 않고, 어느 날엔 문득문득 불안함으로, 어느 순간엔 슬픔으로 찾아와 남몰래 아픈 날이 있기도 하겠지요. 하지만 괴로움 속에 웅크리고만 있으면 고통 속에 파묻히는 것 외에 어떤 일도 일어나지 않을 거예요. 그러니 그대로 두어선 안 돼요. 내 인생, 철저히 고통스럽기만 하란 법은 없으니까요.

어떤 결말이라야 행복한 끝일진 잘 모르겠지만, 그 모든 앤들이 자신만의 해피엔딩을 찾아갈 수 있으면 좋겠어요. 적어도 앤닮은 그녀들의 고유한 밝음이 사람에 치이고 마음이 상해 너무 변하지 않기를, 살아가는 동안 진정한 친구가 생겨 외롭지 않기를, 아픔을 감당하며 살아가다가 마침내 강인해지기를, 차갑고 시린 시절은 어린 시절 혹은 어느 한 시절, 그 한 철이 끝이기를 마음 다해 바라요.

"마지막으로 하고 싶은 말은 다들 지지 마시길.
비에도 지지 말고, 바람에도 지지 말고,
눈에도, 여름 더위에도 지지 않는 튼튼한 몸으로 사시길.
다른 모든 일에는 영악해지더라도
자신에게 소중한 것들 앞에서는 한없이 순진해지시길.

지난 일 년 동안, 수많은 일들이 일어났지만
결국 우리는 여전히 우리라는 것.
나는 변해서 다시 내가 된다는 것.
비에도 지지 말고, 바람에도 지지 말자는 말은
결국 그런 뜻이라는 것.
우리는 변하고 변해서 끝내 다시 우리가 되리라는 것.

좋은 엄마 콤플렉스

12월 31일 밤,

차가운 바람을 온몸으로 맞고 선 겨울나무가

새해 아침 온전한 겨울나무의 몸으로

다시 태어나는 것처럼.

다들 힘내세요."*

– 김연수,

『우리가 보낸 순간』 중에서

더 나은 인생은 살아 있는 한, 포기하지 않는 한 가능할 거라는 기대감, 가장 좋은 날은 아직 오직 않았다는 믿음이 결국 우리가 원하는 인생까지 데려다 줄 것이라는 확신을 놓지 말아요. 지금까지 우리가 흘린 모든 눈물은 기어이 쓸모를 발휘하게 될 거라는 반전의 소망은 끝까지 놓지 말자고요. 그 길을 함께 걸으며 응원하는 '앤영'이 여기 있어요. 이 땅의 수많은 '앤들'과 함께 하는 커뮤니티를 꿈꾸면서요. You are not alone~.

* 김연수, 『우리가 보낸 순간』 마음산책, 2010.

08

그리고,
아직도 가야 할 길

딱 여기서 책을 끝마치고 싶었어요. "그리고 그들은 오래오래 행복하게 살았답니다." 같은 내용을 암시하는 듯한, '있어 보이는' 결말을 맺고 싶더라고요. 앞으로 나의 육아, 아이들과의 관계 그리고 모든 일상에 문제가 생기더라도 꿋꿋이 헤쳐 나가며 큰 탈 없이 꽃길만 펼쳐질 거라는 예측이 되도록 말예요. 하지만 지금부터가 진짜 제 얘기예요.

    아이들을 키우며 몰랐던 무언가를 깨닫기도 했고 새로운 다짐을 하기도 했지만, 글을 쓰고 있는 지금도 전, 날마다 낯선 날들을 보내고 있는걸요. 열여덟 살 수아의 엄마로서도, 열여섯 살 하율이의 엄마로서도, 열네 살 은성이의 엄마로서도 '매일이 처음인' 날들이요. 또 여전히 저는 어린아이만큼이나 미숙한 어른이기도 해요.

넉넉하고 수월하게 보내는 하루보다 버틴다는 표현이 잘 어울리는 날들이 더 많아요. 넘겼다는 말이 떠오를 정도로 아슬아슬한 날도 있고요. 그리고 아마 앞으로도 제겐 그런 날들이 계속될 거예요.

부끄럽지만, 내친김에 더 솔직해 볼까요. 이 책 원고를 쓰던 중 있었던 일이에요. '인생 첫 책'을 멋들어지게 완성하고 싶었어요. 마지막 부분에 아이들의 편지를 넣으면 좋겠다는 생각이 들더라고요. 이제는 꽤 많이 자란 사춘기 즈음의 아이들이 '우리 엄마를 어떻게 생각하고 있는지' 쓴 편지를 넣으면 완벽할 것 같았어요. 그래서 아이들에게 부탁을 했죠. 너희에게 엄마는 어떤 엄마인지, 지금까지 봐 온 엄마는 어떤 사람인지, 엄마에게 하고 싶은 말이나 부탁하고 싶은 것을 편지로 써 줄 수 있겠냐고요. 첫째, 둘째는 "우리 편지가 엄마 책에 실리는 거예요?" 하며 조금은 상기된 반응이었는데, 막내는 미적지근하더라고요. 그날은 그냥 넘어갔는데 며칠 걸쳐 '구걸'하듯 편지를 써 달라고 했더니, 막내가 머뭇거리다가 말했어요.

"전 별로 안 쓰고 싶은데요."
"그냥, 귀찮아서요."

내심 서운하기도 하고 씁쓸한 마음도 들었어요. 이게 그리 어려운 부탁인가, 귀찮다는 이유로 보이콧 할 줄이야. 그런데 뒤이어 마음이 덜컥 내려앉는 것 같았어요.

'나, 막내 키우기 망한 거 아냐…?'

✦ ✦ ✦

보이는 것만으로 아이의 마음을 훤히 알 수 있던 때가 있었어요. 눈빛만 봐도, 침 꼴깍 넘기는 것만 봐도, 작은 몸짓과 표정만으로도. 하지만 아이들은 그대로 멈춰 있지 않아요. 자랄수록 상대를 위해서 또 나를 위해서 마음을 감추기도 하고 참아 내기도 하는 스킬을 터득하나 봐요.

아이의 "귀찮아서요."라는 말에 어떤 마음이 있던 걸까. 보이지 않는 마음을 헤아리려 하다 보니, 최근 은성이가 몇 번 볼멘소리 했던 일들이 생각났어요.

"주말을 이렇게 보낼 수 없어요. 뭔가 주말다운 마무리를 하고

237

싶은데, 이대로 자는 건 말도 안 돼요."

"엄마, 또 바쁘신 거예요? 지금은 뭐 하시는데요?"

"오늘 엄마를 거의 못 본 느낌이에요."

그저 귀여운 불만이라고 생각했지요. 다 같이 모여 하하호호 웃고 왁자지껄 떠들며 뭔가 하는 걸 즐기는 파티피플 막내의 투정이라고요. 당연히 중간중간 제 입장을 설명해 주기도 했죠. 엄마가 요즘 하고 있는 공부 때문에 할 일이 좀 있다고, 최근엔 오래 꿈꿨던 내 책 내는 데에 집중하고 있다고요. 그때마다 아이는 끄덕였어요. 알겠다고 했고 조용히 돌아 방문을 닫아 주었지요.

엄마와 그토록 함께하고 싶다고 어필했던 아이가, 엄마에 대한 마음을 써 달라는 부탁에 '귀찮아진' 이유를 알 것 같았어요. 아이의 끄덕임은 이해가 아니었던 거예요. 아이의 알겠다는 말이나 방문을 닫아 준 건 배려가 아니었던 거고요. 아이는 포기했던 거예요. 엄마에게 우선순위이고 싶던 순간 밀려난 것 같은 소외감, 몇 번이나 같은 요구를 했지만 번번이 거절당한 것 같은 섭섭함이었고요.

"은성아, 엄마 할 얘기가 있어. 아주 중요한 얘기야."

"뭔데요?"

"엄마가 편지 써 달라고 했을 때 좀 부담스러웠어?"

"부담이라기보다, 진짜 좀 귀찮아서 그래요."

"엄마 생각에 은성이는 귀찮은 게 아니라 외로운 것 같은데, 혹시 맞아?"

아이의 멈칫하는 표정이 보였어요. 그리고는 눈시울이 붉어지며 고개를 끄덕였어요.

아이에게 사과했어요. 벌써 너무 다 큰 애 취급해서 미안하다고, 속상하고 외롭고 소외감 느끼게 해서 미안하다고요. 또 솔직하게 고백했어요. 네가 다 이해해서 배려해 주는 거라고 생각했는데, 엄마의 착각이자 오해였다고, 그건 어쩌면 엄마 혼자만의 시간을 갖고 싶었던 욕심이 있었기 때문 같노라고. 그리고 저의 진심도 전했어요. 누나, 형아에게만 좋은 엄마이고 싶진 않다고, 세상 모든 사람이 인정하는 좋은 엄마 말고, '너에게 좋은 엄마, 너와 사이가 좋은 엄마'가 되고 싶다고.

은성이의 표정이 한결 가볍고 시원해 보였어요. 그러더니 어른스럽게 한마디 하더라고요.

"전 제 마음을 솔직히 얘기하는 게 어려운 것 같아요. 원하는 걸 말하거나 부탁하는 것도 그렇고요. 왠지 좀 두렵다는 생각이 들어요. 근데 엄마, 이제 엄마 할 일 하셔도 돼요. 엄마랑 얘기하고 나니까 마음이 괜찮아졌어요."

은성이를 품에 안았어요. 이제는 내 품에 가득 찰 만큼 많이 자란 사랑스러운 나의 아들. 여전히 엄마를 좋아하고 엄마와 함께 있고 싶어 하는 은성이의 얼굴이 세 살배기 귀여운 아기 때의 모습과 겹쳐 보이는 순간이었어요.

제대로 된 이유도 모른 채 억울할 뻔했어요. '막내 육아는 망했나 보다.' 좌절할 뻔했고요. 말하지 않는 마음은 본래 알 수가 없는 거지요. 하지만 엄마라면 최소한의 노력은 있어야 한다고 생각해요. 아직은 자기 마음도 모를 아이보다는 엄마가 더 어른이니까요.

마음은 애를 써야 보여요. 마음을 헤아려야 진심이 보이고요. 그렇게 애를 쓰고 헤아려 연결된 마음은 세상 그 무엇보다 끈끈

좋은 엄마 콤플렉스

하고 든든하지요. 아이들에게 알려 주고 싶어요. 마음을 진솔하게 표현하는 소통이 사람에게 얼마나 필요한지, 그런 연결이 삶을 얼마나 풍요롭게 하는지, 그러기 위해서 자신의 마음을 어떻게 알아채고 또 말해야 하는 건지 말이에요. 그리고 아이들에게 전하고 싶어요. 사랑하는 나의 아이와 그렇게 마음을 나누는 사이가 되고 싶은 '엄마의 진심'을요.

아이와의 관계에 너무 늦은 타이밍은 없어요. 아이를 향한 엄마의 사랑만큼이나 엄마를 향한 아이들의 사랑도 만만치 않게 넓고 크거든요. 행여 마음을 잠시 놓쳤더라도 넉넉한 아이들의 사랑은 언제든 되돌릴 기회를 주더라고요. 참 고맙고 다행스럽게도요. 그저 '내 엄마라서' 엄마를 좋아하는 아이들의 사랑은 세상의 모든 엄마를 좋은 엄마로 만들어 줘요.

여전히 뒤늦게 아차 하고 수습하는 제 일상이에요. 아직도 놓치고 후회하는 것들이 많고요. 그럼에도 저를 품어 주는 아이들의 사랑에 힘입어, 전 여전히 '좋은 엄마'랍니다. 잘못 디딘 걸음은 다시 돌아서고, 숨 쉴 틈을 지켜 내며, 내 걸음과 속도대로, 가야 할 길을 뚜벅뚜벅 가고 있는.

아이들이 많이 자랐다고 해서 엄마의 할 일이 줄어드는 건 아닌가 봐요. 또 다른 방향으로 더 민감히 깨어 있어야 하고, 또 다른 성장이 필요한 거겠지요. 아직도 갈 길이 먼, 이게 진짜 저의 현실이자 실체랍니다. 제 깜냥으로 엄마라는 자리를 감당하기엔 여전히 매일 버겁고 벅차요. 하지만 힘들다는 이유로 안주하거나 타협하거나 포기하지는 않을 거예요. 지레짐작으로 '이제 애들은 다 컸어.' 단정 짓지 않을 거고요.

저는 정말 '좋은 엄마'가 되고 싶거든요. 다른 누군가를 위한 좋은 엄마나 다른 누군가에게 보이기 위한 좋은 엄마 말고, 가장 나다우면서, 나의 인생을 위해서 성장하고 성숙하는 방향으로 나아가는 좋은 엄마요.

이 세상에서 중요한 것은 우리가 어디에 서 있는가 하는 문제가 아니라, 어디로 가고 있는가 하는 문제라고 어떤 이가 말했죠. 여전히 부족하고 어리석지만, 멈추지만 않는다면 매일 조금씩 미세한 만큼이라도 훌륭해지겠지요? 아이의 인생 선배로, 아이와 함께 자라가는 인생의 동반자로, 그렇게 나아가고 또 살아가고 싶어요.

끝이 없다고 푸념하지 말고, 나 자신의 미숙함을 질책하지도 말고, 그저 아직도 가야 할 길이라고 믿어 봐요. 나 자신을 더 발견해 가고, 더 알아가고, 잘 돌봐 주면서, 우리 그렇게 그 길 위에서 만나요.

너무 애쓰지 않아도 괜찮아

좋은 엄마 콤플렉스

ⓒ 이은영, 2024

초판 1쇄 발행 2024년 8월 12일

지은이	이은영
펴낸이	이기봉
편집	좋은땅 편집팀
펴낸곳	도서출판 좋은땅
주소	서울특별시 마포구 양화로12길 26 지월드빌딩 (서교동 395-7)
전화	02)374-8616~7
팩스	02)374-8614
이메일	gworldbook@naver.com
홈페이지	www.g-world.co.kr

ISBN   979-11-388-3453-7 (03810)